Una niña llamada Rose

Ann M. Martin

Una niña llamada Rose

Traducción de Luis Noriega

B DE BLOK

Barcelona • Madrid • Bogotá • Buenos Aires • Caracas • México D.F.
Miami • Montevideo • Santiago de Chile

Título original: *Rain Reign*
Traducción: Luis Noriega
1.ª edición: febrero 2016

© 2014 by Ann M. Martin
© Ediciones B, S. A., 2016
  para el sello B de Blok
  Consell de Cent 425-427 - 08009 Barcelona (España)
  www.edicionesb.com

Printed in Spain
ISBN: 978-84-16075-74-4
DL B 341-2016

Impreso por QP PRINT

En memoria de la dulce Sadie,
11 de marzo de 1998 - 7 de octubre de 2013

I

La primera parte

1

Quién soy: una niña llamada Rose

Me llamo Rose Howard y en inglés mi nombre tiene un homónimo. Para ser precisos, tiene un *homófono*. Los homófonos son palabras que se pronuncian de la misma manera pero se escriben diferente, como «hola» y «ola». Mi nombre homófono es Rows, que en inglés significa «filas».

Los homófonos son homónimos parciales. Cuando dos palabras distintas se pronuncian y se escriben de la misma manera, como «pata», la hembra del pato, y «pata», la extremidad, se dice que además de homófonas son homógrafas y que la homonía es total. A mí me gustan por igual los homófonos y los homógrafos.

La mayoría de las personas dice *homónimo* cuando quiere decir *homófono*. Según mi profesora, la señora Kushel, ese es un error muy frecuente.

—¿Qué diferencia hay entre cometer un error y romper una regla? —le pregunto.

—Los errores se cometen sin querer. En cambio, rompes una regla cuando lo haces de forma deliberada.

—Pero si... —empiezo a decir.

Pero la señora Kushel se apresura a aclarar:

—No hay nada malo en decir «homónimo» cuando queremos decir «homófono». Es lo que se llama un coloquialismo.

—Para mucha gente, la palabra «haces» tiene cuatro homónimos —le digo—: «ases», de sobresaliente, como en «los ases de la aviación», «ases», del verbo «asar», y «ases», del verbo «asir», y «haces», de porción atada, como en «los haces de trigo», que es además un homógrafo.

A mí me encantan los homónimos. Y las palabras en general. Y también las reglas y los números. He aquí el orden en que me gustan esas cosas:

1. Palabras (en especial las homónimas)
2. Reglas
3. Números (en especial los números primos)

«Primos» es una palabra divertida porque tiene un homónimo: «primos», los hijos del tío o la tía. Yo, como veréis luego, tengo un tío, pero no primos.

Voy a contaros una historia. Se trata de una historia verdadera, lo que convierte esto en una obra de no ficción.

He aquí cómo se cuenta una historia: en primer lugar, hay que presentar al personaje principal. Como estoy escribiendo una historia acerca de mí, yo soy el personaje principal.

Mi nombre tiene un homónimo, como hemos visto, así que a mi perra también le puse un nombre con homónimo. Ella se llama *Rain* («lluvia», en inglés), un nombre especial porque en inglés tiene dos homónimos: *rein* («rienda») y *reign* («reinar»). Escribiré más sobre *Rain* en el Capítulo 2. El Capítulo 2 se titulará: «Mi perra, *Rain.*»

Algo gracioso de la palabra «escribir» es que suena parecido a otras palabras, como «esgrimir» o «exprimir». Las palabras que suenan muy muy parecido, pero tienen significados distintos se llaman parónimos, como «actitud» y «aptitud». Los parónimos son divertidos, pero no tanto como los homónimos.

Vivo con mi padre, Wesley Howard; ni su nombre ni su apellido tienen homónimos.

Desde el porche de nuestra casa se ve el patio delantero, la entrada para (homónimos: «para», del verbo «parar», y «para», del verbo «parir») el coche y la calle en la que vivimos, que se llama calle del Haya, un nombre que me gusta mucho porque la palabra «calle» tiene un homónimo, «calle», del verbo «callar», y la palabra «haya» por lo menos tres, lo que es todavía mejor: «haya», del verbo «haber»; «aya», preceptora; y para mucha gente «halla», del verbo «hallar». Del otro lado de la calle hay un pequeño bosque y a través de los árboles se ve la autopista de Nueva York.

Estoy en quinto curso en la Escuela Primaria Hatford. Solo hay un colegio de educación primaria en Hatford, Nueva York, y en él la única clase de quinto es la mía. Casi todos mis compañeros tienen diez años o están a punto de cumplir once. Yo tengo casi doce porque en la escuela nadie sabe muy bien qué hacer conmigo. He repetido dos semestres, lo que en total suma (homónimo: «suma», del verbo «sumar», y «suma», que significa «mucho», como en «prestaba suma atención») un año. (½ + ½ = 1.)

Mis compañeros se burlan de mí sobre todo por dos cosas: por seguir las reglas y por estar siempre hablando de homónimos. La señora Leibler es mi profesora asistente y se pone a mi lado en el aula de la señora Kushel. Ella se sienta en una silla de adulto junto a mi silla de quinto y me pone la mano en el brazo cuando digo algo de sopetón en mitad de la clase de matemáticas. Y cuando me da por pegarme en la cabeza y empiezo a llorar, me dice:

—¿Rose, quieres salir al pasillo un momento?

Muchas veces la señora Leibler me dice que hay otras cosas de las que vale la pena hablar, aparte de los homónimos y las reglas y los números primos. Y me anima a pensar en formas diferentes de iniciar una conversación. Algunas de las cosas que puedo decir acerca de mí para empezar una conversación que no tienen nada (homónimo: «nada», del verbo «nadar») que ver con los homónimos o las reglas o los números primos son:

Vivo en una casa orientada al noreste. (Después de decir eso, le pregunto a la persona con la que estoy intentando conversar: «¿Hacia dónde está orientada tu casa?».)

Calle abajo, a 1,12 kilómetros de mi casa, se encuentra el taller J & R, donde mi padre trabaja como mecánico, y 160 metros más adelante hay un bar llamado La Suerte del Irlandés, al que mi padre va después de trabajar. Entre mi casa y el taller J & R no hay nada más que los árboles y la carretera. (Dime algo acerca de tu barrio.)

Tengo un tío que se llama Weldon, es el hermano menor de mi padre. Mi tío Weldon no tiene hijos, así que no tengo primos. (¿Tienes familiares?)

Mi diagnóstico oficial es autismo altamente funcional, que algunas personas llaman síndrome de Asperger. (¿Te han diagnosticado algo?)

Voy a terminar esta parte de mi presentación diciendo que mi madre no vive con mi padre y conmigo. Ella abandonó la familia cuando yo tenía dos años. Por tanto, en mi casa vivimos dos personas: mi padre y yo. El perro que vive en nuestra casa es *Rain*, es una perra, mi perra. El tío Weldon vive a 5,5 kilómetros, al otro lado de Hatford.

En la siguiente parte de mi presentación me ocuparé del escenario de la historia. Ya os he dicho mi ubicación geográfica: vivo en la calle del Haya en Hatford, Nueva York. El momento en que transcurre la historia es octubre de mi año en quinto curso.

Ahora voy a deciros algo inquietante acerca del quinto curso. No es tan inquietante como lo que ocurre después en la historia, cuando mi padre deja a *Rain* fuera de casa durante un huracán, pero de todas formas es bastante inquietante. Por primera vez en la vida, cuando vuelvo a casa llevo informes de progreso semanales que he de entregar a mi padre. Los informes los redacta la señora Leibler y luego la señora Kushel los lee y los firma, para demostrar que ambas están de acuerdo sobre mi comportamiento. Los informes ofrecen una lista de mis conductas más destacadas desde el lunes hasta el viernes. Algunos comentarios son agradables, como los que hacen cuando participo de forma apropiada en un debate en clase. Pero la mayoría de los comentarios hacen que mi padre estampe los informes contra la mesa y diga: «Rose, por el amor de Dios, mantén la boca cerrada cuando se te ocurre un homónimo» o «¿Has visto que algún otro niño se tape las orejas con las manos y se ponga a gritar cuando oye la alarma de incendios?»

En el último informe la señora Leibler y la señora Kushel le pidieron a mi padre que programara una reunión al mes con ellas. La idea es que él vaya a la Escuela Primaria Hatford el tercer viernes de cada mes a las 3.45 de la tarde para hablar sobre mí. Esto fue lo que mi padre dijo cuando leyó el informe:

—No tengo tiempo para reuniones. Esto es mucho lío, Rose. ¿Por qué haces esas cosas?

Dijo eso a las 3.48 de la tarde, un viernes, cuando no estaba trabajando en el taller J & R.

El tío Weldon se enteró de lo de las reuniones mensuales el 3 de octubre a las 8.10 de la noche, mientras nos visitaba a mi padre, a *Rain* y a mí.

Mi padre estaba de pie en la puerta principal, con la carta en la mano y mirando hacia los árboles y la oscuridad.

—Esas reuniones son una chorrada —dijo.

El tío Weldon, que estaba sentado conmigo a la mesa de formica de la cocina, miró a mi padre a través de sus pestañas y dijo:

—Si quieres, ya iré yo.

El tío Weldon tiene una voz muy suave.

Mi padre se dio media vuelta en el acto y le apuntó con el dedo.

—¡No! Rose es responsabilidad mía. Ya me ocuparé yo de lo que haya que hacer.

Weldon inclinó la cabeza y no replicó. Pero cuando mi padre volvió a girarse para mirar afuera, mi tío levantó dos dedos cruzados, la señal que usa para decirme que todo saldrá bien al cien por cien, como suele decir. (La palabra «cien» me gusta porque además de ser el nombre de un número, para muchos tiene un homónimo: «sien».) Yo alcé los dedos también y nos tocamos el corazón con ellos. (La palabra «alcé» es divertida porque «alce», otra forma del verbo «alzar», tiene un homónimo perfecto: «alce», el animal con la gran cornamenta. Y la palabra «dedos» también es muy curiosa porque tiene un *casi* homónimo, «dados».)

Después de eso *Rain* entró en la cocina y se sentó a mis pies durante un rato.

Luego el tío Weldon se fue (que puede ser del verbo «ir» y del verbo «ser»).

Luego mi padre hizo una bola con la carta de la señora Leibler y la señora Kushel y la tiró al patio.

Este es el final de mi presentación.

2

Mi perra, *Rain*

El siguiente personaje de mi historia verdadera es *Rain*. No es necesario que los personajes de una historia sean humanos; también pueden ser animales, como una perra llamada *Rain*.

Rain pesa 11 kilos. Esto es lo que has de hacer para pesar a un perro. Te pones de pie en la báscula y te pesas tú. Luego coges al perro y te pesas a ti y al perro a la vez. Luego restas tu peso al peso del perro y tú, y lo que te dé es el peso del perro.

(La palabra «peso» es el nombre de una magnitud, «el peso de *Rain*», y de ciertas monedas extranjeras, «el peso argentino», por ejemplo, pero esos dos «pesos» no son homónimos porque, según me explicó mi maestra de castellano, la señorita González, no se trata de dos palabras distintas sino de dos significados diferentes de la misma palabra. Hablaré de eso en el próximo capítulo, el Capítulo 3, que se titulará precisamente: «Las reglas de los homónimos».)

La espalda de *Rain* mide 45,72 centímetros. Desde la punta de la nariz hasta la punta de la cola mide 86,36 centímetros.

(«Cola» es una palabra muy interesante porque forma un trío de homónimos con la «cola» de pegar y la «cola» de beber.)

Rain tiene casi todo el pelo amarillo. También tiene siete dedos blancos: dos en la pata delantera derecha, uno en la pata delantera izquierda, tres en la pata trasera derecha y uno en la pata trasera izquierda. En la oreja derecha tiene manchas marrones. El pelo es corto. El tío Weldon dice que parece un labrador amarillo. Una perra labrador de pura raza debería pesar entre 25 y 32 kilos, así que *Rain* probablemente no sea un labrador amarillo de pura raza.

El tío Weldon dice que *Rain* no es un perro de *caza* sino de *casa*. «Caza» y «casa» son homónimos, pero solo para aquellos hispanohablantes que no distinguen entre la *z* y la *s* (en muchas partes de España, dice la señorita González, «caza» y «casa» no son homófonos y, por tanto, tampoco homónimos). Lo mismo pasa con «raza» y «rasa» y con «cien» y «sien».

Cuando *Rain* y yo estamos solas en casa, nos sentamos dentro o en el porche y *Rain* me pone una de las patas (homónimo: «patas», hembras del pato) delanteras en el regazo. Yo le masajeo los dedos y ella me mira fijamente a los ojos, que son («son»: ritmo musical) azules, con sus ojos, que son color chocolate, y después de un rato («rato»: macho de la rata) empieza a quedarse dormida. Entrecierra los ojos marrones hasta dormirse por completo. Cuando llega la hora (homófono: *ora*, del verbo «orar») de irse a la cama se mete debajo de las mantas conmigo. Si me despierto durante la noche, me encuentro con que *Rain* ha pegado su cuerpo contra el mío y su cabeza descansa sobre (homónimos: «sobre», del verbo «sobrar», y el «sobre», de una carta) mi cuello.

El aliento de *Rain* huele a comida para perros.

Rain lleva viviendo con nosotros once meses, o sea, casi un año. Os contaré más sobre la noche en que mi padre la trajo a casa en otro capítulo, el Capítulo 5, que se titulará «Cuando llegó *Rain*».

Rain y yo tenemos rutinas. A ambas nos gustan las rutinas. Los días de entre semana *Rain* se queda en casa mientras yo estoy en la Escuela Primaria Hatford y mi padre va a trabajar en el taller J & R. Cuando no hay trabajo en el taller J & R, mi padre suele ir a La Suerte del Irlandés, donde bebe cerveza y ve la tele. (La palabra «ve» forma parte de un estupendo trío de homónimos: «ve» del verbo «ver», «ve» del verbo «ir» y «ve», la letra *v*, también llamada «uve».) La cuestión es que él nunca está en casa. *Rain* se queda en la casa sola. A las 2.42, cuando terminan las clases, el tío Weldon me recoge. Luego me lleva a casa, donde me deja entre las 2.58 y las 3.01. Entonces *Rain* y yo nos sentamos un rato en el porche y yo le masajeo los dedos. Luego damos un paseo. Luego yo hago los deberes. Luego empiezo a preparar la cena para mi padre y para mí. Luego doy de comer a *Rain*.

Rain come una lata de comida para perros Mi Mascota (media lata por la mañana y media lata al final de la tarde) mezclada con pienso (homónimo: «pienso», del verbo «pensar») para perros Mi Mascota. Cuando mi padre trajo a *Rain* a casa dijo que ella no necesitaba comida enlatada, que es más cara que el pienso, pero yo dije (homónimo: «dije», joya) que los perros silvestres comen carne y mi padre dijo:

—Tienes razón, Rose.

Después de que *Rain* haya cenado, las dos esperamos a que mi padre vuelva a casa. Si se ha pasado todo el día en La Suerte del Irlandés, puede pasar que no esté de buen humor. O que esté de muy buen humor. Si ha estado trabajando en el taller J & R, puede no estar de buen humor. O puede no estar de ningún humor en particular.

Rain es lista (con dos homónimos, nada menos: «lista», de enumeración, como «la lista de la compra»; y «lista», de preparada). Ella nunca se acerca a mi padre de inmediato. Se queda en la entrada de mi habitación mientras espera a ver si mi padre dice: «¿Qué hay de cenar?» Si dice: «¿Qué hay de cenar?», entonces puedo servir la cena sin problemas y *Rain* puede sentarse junto a la mesa mientras comemos. Ella puede mirarnos fijamente y ponernos las patas en el regazo pidiendo comida hasta que veo que los ojos de mi padre se oscurecen y mira muy serio, que es la señal de que *Rain* debe regresar a mi habitación.

Si mi padre llega a casa y no dice nada sino que se dirige directamente a su habitación, entonces *Rain* y yo no debemos acercarnos a él por ninguna razón. Y yo tengo que hacer que *Rain* permanezca muy callada para que no vaya a molestarlo o a causarle un dolor de cabeza.

Rain sabe mantenerse alejada de los pies (tiene casi un homónimo, «píes», del verbo «piar») y los zapatos de mi padre.

3

Las reglas de los homónimos

Soy la única niña de mi clase a la que le interesan los homónimos. Eso me hace pensar que la mayoría de los chicos no están interesados en los homónimos. Por lo tanto, si queréis saltaros este capítulo, no hay problema.

Pero si lo leéis es posible que al final os interesen los homónimos.*

Los homónimos pueden ser sorprendentes y muy divertidos, por eso empecé a llevar una lista de ellos. La lista es muy larga. En este preciso momento tiene cuatro folios. Las palabras están en orden alfabético. Yo procuro dejar espacio entre los pares y tríos de homónimos de manera que pueda añadir nuevos pares o tríos a la lista con facilidad. Pero si he usado los espacios y luego encuentro *otro* homónimo nuevo,

---

* Si no estáis interesados en los homónimos en absoluto, dejad de leer aquí y pasad al Capítulo 4.

entonces tengo que reescribir la lista desde ese punto en adelante. Algunas veces eso me hace llorar porque tengo que escribir las palabras perfectamente, sin cometer ningún tipo de error. Si me equivoco, tengo que empezar de nuevo. Josh Bartel, que es un chico de mi clase que mide 1,47, me dijo la semana pasada:

—¿Rose, por qué no llevas la lista en tu ordenador? Así podrías añadir nuevas palabras cada vez que quisieras. El ordenador creará automáticamente los espacios que necesites y no tendrás que estar reescribiendo la lista todo el tiempo.

Pero mi padre y yo no tenemos un ordenador. Tampoco teléfono móvil ni cámara digital ni iPod ni reproductor de DVD. Mi padre dice que esas cosas son caras e innecesarias. Dice que no podemos permitírnoslas y que, además, ¿quién las necesita?

Por eso hago mi lista de homónimos a mano.

En este capítulo voy a hablaros acerca de las reglas para mi lista de homónimos. Sin embargo, como me he dado cuenta de que a la mayoría de los chicos las reglas les interesan tan poco como los homónimos, voy a empezar contándoos algo divertido acerca de los homónimos. Luego sí me ocuparé de las reglas, y si todavía os interesa, pues podéis seguir leyendo.

Lo divertido acerca de los homónimos es oír una palabra de una frase y de repente darte cuenta de que tiene un homónimo o quizá dos (o tres, pero eso es tan poco frecuente que no pienso en cuartetos de homónimos muy a menudo), y que hasta entonces no habías pensado en ese par o trío de homónimos. (La palabra «hasta» tiene un homófono: el «asta» de la bandera.) Por ejemplo, ayer el tío Weldon me dijo:

—Mira qué concentrada come *Rain*. No le presta atención ni a las moscas.

Y justo así encontré dos nuevos pares de homónimos que añadir a la lista.

El tío Weldon y yo estábamos en mi casa, sentados a la mesa de la cocina, cuando dijo eso y yo salté de la silla y grité:

—¡Oh! ¡«Presta», del verbo «prestar», se escribe exactamente igual que «presta», de diligente! ¡Y «moscas» se escribe exactamente igual que «moscas», del verbo «moscar»! ¡Son dos nuevos pares de homónimos en una sola frase!

Como al tío Weldon también le emocionan los homónimos, dijo:

—Maravilloso, Rose. Ve a buscar tu lista. Veamos si hay espacio para dos palabras más.

Mientras yo sacaba la lista de la mochila, pensé acerca de la palabra «presta» y el hecho de que rimaba con «testa», cabeza, y mientras volvía con el tío Weldon empecé a gritar de nuevo:

—¡Y también están «testa» de cabeza y «testa» del verbo «testar», hacer testamento! ¡Oh, ese sí que es un par muy bueno!

—Y «testa» del verbo «testar», someter a test! —dijo el tío Weldon.

—¡Entonces es un trío! ¡Dos pares y un trío nuevos para añadir a la lista! Este es casi un día para enmarcar.

Por tanto, en conclusión, eso es lo divertido acerca de los homónimos.*

* Si pensáis que ya habéis leído suficiente acerca de los homónimos y no queréis conocer mis reglas, dejad de leer aquí y pasad al Capítulo 4.

Ahora bien, he aquí mis reglas de los homónimos. Es importante tener reglas porque, sin ellas, podrías sentirte abrumado por la enorme cantidad de palabras que suenan de forma similar. Y tu lista sería larguísima, tendría páginas y páginas. El propósito de mis reglas es limitar los homónimos a palabras que sean puras y también que sean palabras de las lenguas que conozco.

LAS REGLAS DE LOS HOMÓNIMOS DE ROSE HOWARD

1. Un verdadero par, trío o cuarteto de homónimos no incluye nombres propios. Un nombre propio designa en particular a una persona o un lugar o una cosa, como Josh Bartel o Hatford o los cereales Rice Krispies. Por ejemplo, yo pensé en incluir en mi lista *coax* (que en inglés significa «convencer») y *Cokes* (Coca Colas), y *herald* («proclamar» en inglés) y *Harold*, pero *Cokes* y *Harold* son nombres propios, no palabras puras. Si incluyera nombres propios la lista sería demasiado larga. Por suerte, *Rose* y *Rain* son nombres propios *y* nombres comunes, «rosa» y «lluvia», de modo que pude incluirlos en la lista.

2. Un verdadero par, trío o cuarteto de homónimos no incluye palabras en idiomas que no conozco. Yo puse en la lista las palabras *peek* («vistazo») y *peak* («pico»), pero no añadí la palabra «pique» («rencor») para formar un trío, porque *pique* es una palabra de origen francés y yo no sé francés. Algo similar ocurre con «cine» y «*sine*»: «*sine*» es una palabra latina que

significa «sin». Incluir palabras extranjeras en la lista sería muy difícil porque yo solo sé inglés y castellano y en todos los idiomas del mundo existen homónimos.

3. Un verdadero par, trío o cuarteto de homónimos no incluye prefijos ni sufijos porque no son palabras completas. Incluí en la lista «para», del verbo «parar», «para», del verbo «parir» y «para», la preposición, pero no el prefijo «para-» de palabras como «paráfrasis» o «paradoja» (ninguna de las cuales, por lo demás, tiene homónimos).

4. Un verdadero par, trío o cuarteto de homónimos no incluye contracciones. *Isle* («isla») y *aisle* («pasillo») están en la lista, pero no añadí *I'll* porque en realidad es una contracción de las palabras *I will* y por tanto no cuenta como una palabra pura. (Además, *I*, «yo», es un pronombre.) Asimismo tampoco están en la lista «doy», del verbo «dar», y «doy», la contracción de «de hoy», a pesar de que esta última figura como palabra en el diccionario.

5. Un verdadero par, trío o cuarteto de homónimos no incluye abreviaturas. No añadí a la lista «col» y «col.» porque esta última es una abreviatura de «colección» y esa palabra evidentemente no es un homónimo de «col».

6. Un verdadero par, trío o cuarteto de homónimos incluye solo palabras que suenan *exactamente* igual. Como hemos visto, las palabras «escribir», «esgrimir» y «exprimir» suenan parecido, pero como no suenan exactamente igual no puedo incluirlas en mi lista. Por esa misma

razón tampoco incluí «actitud» y «aptitud», «baño» y «paño», «afecto» y «efecto», etcétera.

7. Un verdadero par, trío o cuarteto de homónimos no incluye como palabras distintas los diferentes significados de una misma palabra. Consultar el diccionario es muy útil para saber cuándo tenemos dos palabras distintas o una misma palabra con dos o más significados diferentes. La palabra «gato», por ejemplo, significa tanto el animal gato como la herramienta gato; pero hay en castellano un «gato», con un origen totalmente diferente, que significa mercado al aire libre. «Gato», animal y herramienta, y «gato», mercado, sí son homónimos.

Supongo que, de momento, esto es lo más importante con relación a los homónimos. Y probablemente vosotros querréis continuar con mi historia, así que ha llegado el momento de presentaros al siguiente personaje principal. El siguiente personaje principal es mi padre, Wesley Howard.

Oh, una cosa más acerca de los homónimos: la palabra «par» implica «dos», un par de libros son dos libros, pero forma parte de un trío de homónimos junto con «par», igual o semejante, y «par», título de nobleza.

Oh, una cosa más acerca de los homónimos: la palabra «par» implica «dos», un par de libros son dos libros, y precisamente forma un par de homónimos con la preposición «par», que en fórmulas de juramento significa «por».

4

Algunas cosas acerca de mi padre, cuyo nombre, «Wesley Howard», no tiene ningún homónimo

Wesley Howard es mi padre y tiene treinta y tres años. Nació un 16 de marzo durante una media luna. Mide 1 metro y 85 centímetros de altura. Tiene en la mejilla una cicatriz de 3,81 centímetros de longitud. Se la hizo su padre cuando tenía siete años al pegarle con el mango de una pala para que aprendiera a no dejar la bici afuera. La palabra «mango» forma un trío de homónimos con la fruta «mango» y «mango», del verbo «mangar».

Algunas cosas que mi padre y yo compartimos son que crecimos con nuestros padres, pero no con nuestras madres, y que vivimos en el campo.

La profesión de mi padre es mecánico en el taller J & R.

Mi padre tiene un hermano, el tío Weldon, que

tiene treinta y un años y mide 1 metro y 83 centímetros de altura. El tío Weldon nació un 23 de junio, durante la luna llena, que los indígenas norteamericanos llamaban «luna de fresas» (por las fresas de comer, no por su homónimo, la herramienta «fresa»). Mi padre nació a las 6.39 de la tarde y mi tío a las 9.36 de la noche, de modo que, al escribirlas, sus horas de nacimiento son opuestas. Ambos números, además, son divisibles por tres.

Mi padre tenía veintiún años cuando yo nací. Tenía veintitrés cuando mi madre se fue. Tenía veintiséis años y medio cuando empecé a ir a la guardería. Y veintiséis años y siete meses cuando la señorita Croon, mi profesora de preescolar, le dijo que quizá la Escuela Primaria Hatford no fuera el colegio adecuado para mí.

—No sabía que hubiera otra escuela de primaria en Hatford —replicó mi padre.

—No me refiero a eso.

A lo que la señorita Croon se refería era que en vista de que me costaba hablar con mis compañeros y lloraba mucho y tendía a pegarme en la cabeza con un zapato o un libro («libro» de leer y «libro», del verbo «librar») ilustrado cuando alguien incumplía las reglas, era posible que necesitara una escuela o programa especial.

Mi padre le dijo a la señorita Croon que se esforzara más. Su deber era enseñarme.

—¿Está seguro de que no quiere buscar otro programa para Rose? —le preguntó la señorita Croon.

—¿Dónde están esos otros programas? —preguntó mi padre.

—Hay uno excelente en Mount Katrine.

—¿El Mount Katrine que queda a treinta y cinco kilómetros?

—Sí.

Mi padre negó con la cabeza:

—Rose está bien aquí.

En primer curso, mi profesora, la señorita Vinsel, convocó una reunión con la directora, la psicóloga de la escuela, la señorita Croon y mi padre. No sé qué ocurrió durante la reunión porque no estuve presente. Después de la reunión mi padre me recogió en el despacho del tío Weldon y me llevó a casa, me sacudió y me dijo:

—Rose, tienes que dejar de comportarte así.

Y yo le dije que era posible escribir mi nombre de dos formas distintas y que ambas formas se pronunciaban igual: *rose* y *rows*.

En segundo curso la señorita Croon volvió a ser mi profesora porque ella no quería seguir enseñando a los niños de preescolar. La tarde del 13 de septiembre la señorita Croon le dijo a mi padre:

—Creo que a Rose le convendría pasar parte del día en el aula de educación especial, señor Howard.

El señor Howard, que es mi padre, dijo:

—Por mí no hay problema, siempre que el aula de educación especial no sea para retardados.

En cuarto curso la señora Leibler se había convertido en mi profesora asistente («cuarto» es una palabra con dos significados distintos: «cuarto», como lo que sigue al tercero, y «cuarto», habitación; y lo mismo ocurre con curso: «curso», grado de estudios, y «curso», dirección de un río; pero en ambos casos no se trata de homónimos). Mi padre dijo que en su opinión yo necesitaba una profesora asistente, pero que no iba a ponerse a pelear con la Escuela Primaria Hatford.

—Limítate a no meterte en problemas, Rose —me dijo.

Y todo fue bien hasta quinto, cuando a la señora Leibler se le ocurrió la idea de los informes de progreso semanales. (La palabra «informe» sí tiene un homónimo: «informe», que no tiene forma.)

Ahora voy a retroceder en el tiempo para hablar un poco más acerca de la infancia de mi padre. Un día, cuando él tenía diez años, llegó al cole («cole» es una forma abreviada de decir «colegio», no un homónimo de «cole», que en algunos sitios significa tirarse al agua) con una marca en el brazo de color marrón y cinco centímetros de longitud, y su profesora decidió que era una quemadura. Ella llamó a Servicios Sociales y esa misma noche la policía detuvo al padre de mi padre; a partir de entonces mi padre y el tío Weldon empezaron a vivir con familias de acogida.

—Siempre nos pusieron en la misma familia —me contó una vez el tío Weldon—. Nunca nos separaron. Pero nunca estuvimos mucho tiempo con ninguna familia.

Mi padre y el tío Weldon vivieron con siete familias de acogida diferentes antes (homónimo: «antes», alces) de que mi padre cumpliera los dieciocho.

Vivieron en cinco ciudades diferentes.

Tuvieron un total de treinta y dos hermanos y hermanas de acogida.

Fueron a nueve escuelas diferentes.

Lo máximo que estuvieron con una familia fue veintiún meses.

(La palabra «meses» forma un trío de homónimos con «meses», del verbo «mesar», arrancar los cabellos, y «meces», del verbo «mecer», mover acompasadamente, para todos aquellos que no distinguimos entre el sonido de la *c* y el sonido de la *s*.)

Lo mínimo que estuvieron con una familia fue setenta y ocho días.

Un día del año pasado, a las 6.17 de la tarde, mientras mi padre y yo cenábamos, le dije:

—¿Tuviste una favorita?

—¿Favorita qué? —preguntó mi padre.

—Una madre de acogida favorita.

—Sí —dijo mi padre—. Se llamaba Hannah Pederson.

—Eso es muy interesante —le dije, recordando los consejos para conversar de la señora Leibler—, porque «Hannah» es un palíndromo. Los palíndromos son palabras que puedes escribir de la misma forma empezando por el comienzo o por el final. Mi nombre no es un palíndromo porque si lo escribes al revés es E-S-O-R, no R-O-S-E. Pero sí tiene un homónimo.

Mi padre dijo:

—No empecemos con los homónimos, Rose.

Así que yo dije:

—¿Tuviste hermanos o hermanas de acogida favoritos?

—Sí —dijo mi padre después de pensar un momento.

—¡Qué interesante! —repliqué—. ¿Había alguno que tuviera un nombre con homónimo?

5

Cuando llegó *Rain*

Ahora os hablaré de cuando *Rain* llegó a casa. Fue el año pasado, el viernes antes del día de Acción de Gracias. Yo estaba esperando a que mi padre regresara de La Suerte del Irlandés. Sabía que estaba en La Suerte del Irlandés porque eran las 7.49 de la tarde, lo que significa que el taller J & R llevaba cerrado dos horas y cuarenta y nueve minutos. («Eran», del verbo ser, tiene un homónimo: «eran», del verbo «erar».) Ese día yo había hecho hamburguesas y ya me había comido la mía porque no me gusta cenar después de las 6.45 de la tarde. (La palabra «hecho» también tiene un homónimo: «echo», del verbo «echar».) De postre teníamos polos, y yo también me había comido ya el mío, que era un Explosión de Naranja de la marca Highcrest. («Polo» es otra palabra con homónimo: «polo», el juego de pelota con caballos.)

Estaba estudiando mi lista de homónimos cuando vi que la luz de unos faros recorría la cocina y oí llegar un coche por el camino de entrada y deduje que era el coche de mi padre. A continuación oí un portazo. Luego oí otro portazo y deduje que mi padre llegaba con Sam Diamond. Sam Diamond es un hombre con el que mi padre bebe en La Suerte del Irlandés y que a veces viene aquí para dormir en el sofá del salón. Al cabo de un momento oí pasos en el porche delantero y luego oí un ruido, fue una especie de gemido, que era un ruido que nunca le había oído hacer a Sam Diamond.

Me senté a la mesa («mesa», del verbo «mesar») y miré fijamente hacia la puerta.

Mi padre apareció en la ventana del porche.

—Rose, por el amor de Dios, mueve el culo y ven —«ben», un árbol— a ayudarme —gritó.

Yo no quería ayudar a mi padre con Sam Diamond. Pero cuando abrí la puerta principal y miré a través de la mosquitera la noche lluviosa; vi que mi padre estaba de pie en el porche con una cuerda gruesa en la mano izquierda y que en el otro extremo de la cuerda había un perro. El pasajero que iba en el coche era el perro, no Sam Diamond.

La cuerda estaba atada alrededor del cuello del perro. El perro estaba muy mojado.

—¿Dónde encontraste el perro? —le pregunté a mi padre.

—Detrás de La Suerte del Irlandés. ¿Podrías traerme una toalla para secarla?

—¿El perro es una perra? —pregunté.

—Sí. ¿Y la toalla?

Con esa pregunta mi padre me recordaba que debía traer una toalla para secar a la perra, que estaba empapada.

—Y no traigas una toalla blanca —gritó luego a mis espaldas—. Está sucia de barro.

Llevé al porche una toalla verde y miré a través de la puerta mosquitera mientras mi padre le limpiaba a la perra el lomo y las patas.

—Es para ti —me dijo—. Puedes quedártela.

—No lleva collar —señalé.

—Por eso es tuya. Se perdió.

—¿Y no deberíamos buscar a los dueños? —pregunté—. Tal vez la estén buscando.

—Si no les importaba lo suficiente como para ponerle un collar, entonces no se la merecen —dijo mi padre—. Además, ¿cómo vamos a encontrarlos? No lleva collar ni etiqueta de ningún tipo.

—¿Es un regalo? —quise saber.

—¿Qué? —dijo mi padre. Dejó de limpiar a la perra durante un instante—. Sí, es un regalo, Rose. Un regalo para ti.

Mi padre nunca me había dado muchos regalos. «Dado», del verbo «dar», tiene un homónimo: el «dado» de los juegos.

La perra esperó pacientemente mientras mi padre le limpiaba el pelo. Y levantó las patas delanteras por turnos cuando él le enseñó la toalla. Luego me miró y levantó y bajó las cejas. Después se puso a jadear y cuando lo hizo abrió tanto la boca que parecía que estuviera sonriendo.

—Muy bien —le dijo mi padre a la perra—. Ya estás bastante seca: puedes entrar.

Mantuvo la puerta abierta y la perra entró en el salón (que es el nombre que damos a lo que en realidad no es más que una parte de la cocina, pero la palabra me gusta porque tiene un homónimo: «salón», carne o pescado conservado en sal) y se recostó contra mis piernas.

Bajé la cabeza para mirarla. Ella alzó la cabeza para mirarme.

—Puedes acariciarla —dijo mi padre—. Es lo que las personas normales hacen con los perros.

Así que la acaricié y ella cerró los ojos y se apretó aún más contra mí.

—¿Qué nombre piensas ponerle? —me preguntó mi padre.

—La llamaré *Rain*, «lluvia» —respondí—. Tú la encontraste en la lluvia y en inglés *rain* tiene dos homónimos, *rein* («rienda») y *reign* («reinar»), así que es una palabra especial.

—Estupendo, Rose. ¿Y qué hay de las gracias?

—Gracias.

Esa noche *Rain* durmió en la cama conmigo. De hecho ha dormido conmigo todas las noches desde entonces.

6

A quién espero

El tío Weldon me lleva y me trae de la escuela todos los días. Él se encarga de hacerlo porque ya no me dejan montar en bus, y cuando mi padre se enteró de eso anunció que él no podría llevarme. Dijo:

—Rose, ¿cómo es posible que te hayan echado del autobús? ¿Cómo voy a llevarte a la escuela por la mañana y, al mismo tiempo, ir al taller? ¿Y cómo voy a recogerte por la tarde si estoy trabajando?

Muchos días no hay trabajo para mi padre en el taller J & R, pero en esos casos lo que le gusta hacer es dormir hasta tarde y después ir a La Suerte del Irlandés.

El tío Weldon dijo:

—Yo podría llevar a Rose a la escuela.

El tío Weldon trabaja para una empresa de construcción. Hace lo que mi padre llama un trabajo de calzonazos y el tío Weldon lo llama un trabajo de oficina. («Hace» es una palabra curiosa porque tiene dos homófonos, «ase», del verbo «asar», y «ase», del verbo «asir», que son homónimos totales entre sí. Pero en la misma frase hay una palabra todavía mejor: «llama», que forma parte de un trío de homónimos con el mamífero «llama» y la «llama» de fuego.) El tío no construye. Se sienta (otro homónimo: «sienta», del verbo «sentir») en un despacho delante de un ordenador. Su trabajo empieza a las 9.00 de la mañana, de modo que le resulta fácil dejarme en la escuela, que empieza a las 8.42 de la mañana, antes de ir a su empresa, que se llama Gene's Construction, Inc. Dijo que le preguntaría a su jefe si podía trabajar durante la hora de comer y así poder recogerme a las 2.42 de la tarde y llevarme de regreso a casa todos los días.

Cuando el tío Weldon mencionó que podía llevarme a la escuela no miró directamente a mi padre. Él, mi padre, *Rain* y yo estábamos sentados en el porche delantero, y el tío Weldon miraba hacia la calle del Haya mientras hablaba.

Yo esperaba que mi padre dijera: «Ya lo haré yo.» Pero en lugar de eso encendió un cigarrillo y miró también hacia la calle del Haya.

De modo que me sumé a ellos y me puse a mirar hacia la carretera y le dije a mi padre:

—¿Te llevaba tu padre a la escuela?

—No tuvo que hacerlo. A mí no me echaron del autobús. ¿Por qué me preguntas por mi padre?

Yo se lo había preguntado porque él siempre dice que no quiere ser como su padre. Dice que va a criarme él solo aunque eso lo lleve a la tumba. Por eso no acepta mucha ayuda del tío Weldon. Y por eso el tío Weldon plantea sus propuestas con tanto cuidado.

Cuando a mi padre le parece que el tío Weldon quiere inmiscuirse en mi crianza le amenaza con apartarnos, y eso haría que mi tío y yo nos sintiéramos muy tristes.

—No sé —dije.

Rain estaba echada junto a mí en el viejo sofá que mi padre había puesto en el porche. Giró sobre la espalda y descansó la cabeza en mi regazo.

—¿Me has hecho una pregunta, pero no sabes por qué la has hecho? —dijo mi padre.

—Sí.

—¿Qué te parece? —insistió el tío Weldon—. ¿Puedo llevarla? Eso resolvería el problema.

—Eso no querría decir que seas un mal padre —dije.

El tío Weldon desplazó la mirada de la calle del Haya a mí y abrió los ojos de par en par:

—Pues claro que no.

—Bueno, en cualquier caso, no veo otra solución —replicó mi padre.

Y así fue como el tío Weldon empezó a llevarme y traerme de la Escuela Primaria Hatford. Todas las mañanas *Rain* y yo esperamos en el porche a que mi tío llegue por la calle del Haya en su camioneta Chevrolet Montana negra. Cuando veo la camioneta, le doy un beso a *Rain* en la cabeza y la meto en casa. Luego me subo junto a mi tío y le cuento si se me ha ocurrido algún nuevo par de homónimos desde el día anterior.

Si se me ha ocurrido, el tío Weldon dice: «¡Estupendo!» Luego los dos intentamos pensar en otros homónimos nuevos que suenen como el nuevo par, como me ocurrió con «presta» y «testa».

Después de charlar un poco sobre los homónimos miramos por la ventana durante un rato y entonces el tío Weldon dice:

—¿Va todo bien con tu padre y *Rain*?

La respuesta menos complicada es sí. Yo no digo nada más a menos que tenga que hacerlo.

A veces el tío Weldon dice:

—¿Te gustaría venir conmigo al cine este fin de semana, Rose?

O bien:

—Deberíamos llevar a *Rain* a dar un paseo el sábado, ¿no te parece?

Y luego tenemos que pensar en cómo pedirle permiso a mi padre.

Finalmente, llegamos a la Primaria Hatford. Antes de bajar de la camioneta, el tío Weldon y yo siempre cruzamos los dedos y nos tocamos el corazón.

Al final del día espero de nuevo a mi tío. Me quedo cerca («cerca», vallado) de la puerta principal de la escuela y veo a los niños con los que antes iba en bus hacer fila para («para», de «parir», y «para», de «parar») coger el bus número 7. Me alejo de Monty Soderman, al que le falta la uña («uña», de «uñir», unir) del dedo índice de la mano («mano», de «manar») y lleva puestas unas botas («botas», odres, y «botas», torpes, y «botas», del verbo «botar», arrojar, y «votas», del verbo «votar», dar voto: ¡un grupo de cinco homónimos!) muy pesadas que me hacen («asen», de «asar», y «asen», de «asir») mucho daño cuando me pisa los dedos de los pies. Espero y canto («canto», lado o punta) y permanezco de pie y miro directamente al frente de modo que pueda ver al tío Weldon en el momento justo en que dobla por la calle («calle», de «callar») de la escuela. Luego corro hasta («asta», de la bandera) la camioneta y él sonríe mientras se inclina sobre el asiento («asiento», del verbo «asentir») para abrirme la puerta.

A veces tenemos una conversación como esta:

TÍO WELDON: ¿Cómo ha ido el cole?

ROSE HOWARD: Igual que ayer.

TÍO WELDON: ¿Exactamente igual que ayer?

ROSE HOWARD: No. Eso es imposible.

TÍO WELDON: Porque hoy la fecha es diferente de la de ayer.

ROSE HOWARD: Y porque la luna y las estrellas están en posiciones diferentes de las de ayer.

TÍO WELDON: ¿Qué es lo más interesante que has aprendido hoy?

ROSE HOWARD: Que si asignas números a las letras de «Weldon» —23 para la W porque es la vigesimotercera letra del alfabeto, y 5 para la E y 12 para la L y 4 para la D y 15 para la O y 14 para la N— los números suman 73. Adivina qué clase de número es 73.

TÍO WELDON: ¿Un número primo?

ROSE HOWARD: ¡Sí! Y eso es tan especial como un homónimo. El nombre de mi padre también da un número primo. W-E-S-L-E-Y es 89.

TÍO WELDON: ¿En serio?

ROSE HOWARD: Sí, aunque no creo que a él le interese.

TÍO WELDON: Bueno, me alegro de que tu padre y yo tengamos nombres primos, igual que tú y *Rain* tenéis nombres con homónimos. Ahora nadie se sentirá excluido.

ROSE HOWARD: ¿Crees que mi padre me dejará ir a tu casa el sábado? Podría reescribir mi lista de homónimos. Está apeñuscada.

TÍO WELDON: ¿Quieres que se lo pregunte?

ROSE HOWARD: Sí, pero solo pregúntale si puedo ir. No le digas nada de la lista.

TÍO WELDON: Haré lo que pueda.

Dedos cruzados, corazones tocados, le digo adiós a mi tío con la mano.

7

Por qué no voy a la escuela en bus

Yo antes iba a la escuela en el bus número 7. El bus número 7 hacía 14 paradas, lo que está muy bien porque 14 es múltiplo de 7. Yo era la única persona de mi parada, la segunda de la ruta. En las siguientes doce paradas, todos los niños que se subían al bus recorrían el pasillo buscando un sitio libre y pasaban delante del asiento vacío que había a mi lado. Marnie Mayhew, que vive en el número 11 de la calle de la Banda (una dirección prima y homónima, pues Banda, que aquí significa «grupo musical», se escribe y se pronuncia exactamente igual que «banda», cinta o lazo, y «calle», ya os he dicho, es el homónimo de «calle», del verbo «callar»), me tiraba una pelotilla de papel masticado al pasar por mi lado. Yo seguía mirando recto hacia el frente y dejaba que la bola rebotara en mi cara y cayera al suelo del autobús. Luego venía Wilson Antonelli y me decía:

—Recoge eso, retardada. No tires basura.

En cada parada la conductora, que se llama Shirley Ringwood, nos miraba por un espejo retrovisor grande y resplandeciente y esperaba a que todos estuviéramos sentados. Luego cerraba la puerta, ponía el bus número 7 en marcha y continuaba la ruta. En el recorrido yo miraba por la ventana para ver quién cumplía con las normas viales. Hay montones de reglas que los conductores deben seguir, y todas figuran con claridad en el manual para conductores del estado de Nueva York, pero muchos conductores no las obedecen.

—¡Eh! —gritaba yo—. ¿Ese hombre no puso el intermitente antes de girar en la esquina? ¿Lo ha visto, señora Ringwood? Ha cometido una infracción.

Algunas veces la señora Ringwood me respondía, otras veces se limitaba a seguir mirando hacia el frente. (La palabra «veces» tiene un homófono estupendo: «beses», del verbo «besar».) Eso dependía de si yo me sentaba cerca de ella o no.

Los días lluviosos eran complicados. La norma es que si alguien lleva encendidos los limpiaparabrisas, entonces también debe llevar encendidos los faros.

—¡Señora Ringwood! ¡Señora Ringwood! ¡Acabo de ver tres coches con los limpiaparabrisas encendidos y los faros apagados! —gritaba.

Marnie empezaba a reírse y Wilson se inclinaba sobre su asiento y me enseñaba su teléfono móvil y me decía:

—¿Por qué no llamas a la policía, retardada?

—¡Se supone que las reglas deben cumplirse! ¡Ellos no están cumpliendo las reglas!

Un día me senté en un sitio de la primera fila para ver a la señora Ringwood conduciendo. Redujo la velocidad del autobús número 7 al acercarnos a la intersección de la calle Sandy y la ruta 9W. Luego rodó lentamente frente a la señal de stop.

—¡Señora Ringwood! ¡No se ha detenido por completo! —grité—. Señora Ringwood, eso es una infracción. En el manual dice que *debe* detenerse por completo. ¡Detenerse por completo!

La señora Ringwood giró hacia la ruta 9W.

—Déjalo correr, Rose.

—Señora Ringwood, ¿lleva los faros encendidos?

Una pelotilla de papel me golpeó en la nuca.

—¡Eh! Ese conductor no llevaba puesto el cinturón de seguridad. ¿Lo ha visto, señora Ringwood?

Llegamos a la calle del colegio. La Escuela Primaria Hatford estaba delante de nosotros. La señora Ringwood giró el volante hacia la derecha y empezamos a virar hacia el carril bus.

—¡Pare! —grité—. ¡Señora Ringwood, pare de inmediato!

La señora Ringwood pisó con fuerza el freno.

—¿Qué pasa? —gritó, y se puso de pie para mirar por la ventana.

A mis espaldas todos los niños se lanzaron hacia las ventanas para ver qué había ocurrido. El tráfico se detuvo.

—¡No ha puesto el intermitente! —exclamé—. ¡Eso es una infracción!

La señora Ringwood volvió a sentarse. Bajó la frente hacia el volante. Luego se volvió hacia mí y me dijo:

—¿Estás de broma?

(La palabra «broma» tiene un homónimo curioso: «broma», papilla de avena. Esa es la clase de cosas que aprendes en el diccionario. Pero era evidente que la señora Ringwood no quería saber nada de eso.)

Después de estacionar el bus número 7 fue a la Escuela Primaria Hatford y habló con la directora.

Esa es la razón por la que ya no voy a la escuela en bus.

8

En el aula

Mi aula da al sureste y tiene ventanas a lo largo de un costado y veintiún pupitres para los estudiantes, más la mesa de la señora Kushel, más la silla de la señora Leibler, que se sienta junto a mi pupitre y obstaculiza el pasillo.

En mi clase hay once niñas y diez niños.

En mi clase hay dos gerbillos.

Las reglas de nuestra aula están escritas en una cartulina que se encuentra colgada junto a la puerta.

La señora Kushel huele a manzanas y tiene un marido y una hija de seis años llamada Edie (23), un nombre primo.

La primavera pasada la señora Kushel se enteró de que iba a tenerme como alumna y programó una reunión con mi padre.

—Le prometo que Rose no será un problema —le dijo él.

Cuando la señora Kushel le preguntó a mi padre qué hacía en casa cuando tenía un berrinche, él contestó:

—Rose nunca tiene berrinches en casa, al menos mientras yo estoy por ahí. Ella sabe con quién se mete —dijo. Y después agregó—: Je, je. Es broma.

Sé todo eso porque yo estaba sentada en la sala («sala», habitación, y «sala», de «salar») de espera que hay fuera del despacho de la psicóloga de la escuela y oí todo lo que se dijo en la reunión. Yo oigo muchas cosas que no se espera que oiga, y montones de cosas que nadie más es capaz («capas») de oír, porque tengo un oído muy agudo, lo que forma parte de mi diagnóstico de autismo altamente funcional. El clic que hace la nevera me molesta, y también el zumbido que proviene del ordenador portátil de la señora Kushel. Un día en el cole me tapé las orejas con las manos y dije:

—¡No puedo concentrarme! Por favor, apague esa cosa.

—¿Qué? ¿Qué cosa? —preguntó la señora Leibler.

—Quiero que la señora Kushel apague el ordenador —dije con claridad, tal y como la señora Leibler me ha enseñado que debo hacer.

(«Dime con claridad lo que quieres, Rose», me dice la señora Leibler cuando pierdo el control.)

—¿Por qué quieres que lo apague? —preguntó Josh Bartel, que mide 147 centímetros y se sienta delante de mí.

—¡Por el zumbido!

—Yo no oigo ningún zumbido —dijo Josh.

—Tranquilízate, Rose —indicó la señora Leibler.

Yo oigo clics y zumbidos y susurros. Y conversaciones en el despacho de la psicóloga cuando la puerta está casi cerrada.

En este momento la señora Kushel ha sido mi maestra durante 25 días lectivos.

En la tarde del día número 25 ella anunció en clase:

—Tengo un trabajo muy divertido para vosotros. Vais a escribir una redacción acerca de una mascota.

—Yo no tengo una mascota —dijo Flo, cuyo nombre es fácil de recordar porque suena como el par de homónimos ingleses *flow*, «flujo», y *floe*, «témpano».

La señora Kushel sonrió, que es su forma de decir que no le molesta que Flo la haya interrumpido.

—Eso no es un inconveniente —respondió—, porque puedes escribir sobre cualquier mascota. Si no tienes una mascota, puedes escribir sobre una imaginaria o sobre la de otra persona.

La señora Kushel reparte hojas de papel y yo saco («saco» del verbo «sacar», y «saco», bolsa) mi lápiz y miro hacia la puerta durante un rato.

—¿Rose? —dice la señora Liebler.

—Estoy pensando —digo sin volverme a mirarla.

Empiezo a escribir acerca de *Rain*. Intento recordar lo que la señora Kushel ha dicho acerca del tema de una redacción y recuerdo que la señora Leibler me dijo que no debo introducir homónimos en todos los temas. (Pero no puedo evitar recordar que las palabras «tema» y «temas» tienen cada una su homónimo: «tema» y «temas», del verbo temer.)

—Tiempo —dice la señora Kushel después de 21,5 minutos—. ¿Quién quiere leer en voz alta su redacción? No importa que no esté terminada. Basta con que leáis lo que lleváis hasta ahora. Podéis acabarla luego en casa.

Tres niñas y dos niños levantan la mano. La señora Kushel le da la palabra a Flo, que ha escrito sobre una mascota que se ha inventado, se llama «galliniche» y es una combinación de gallina y caniche. Flo dice que su galliniche no cloquea ni ladra, sino que clocadra. Todo se ríen, mientras que yo pienso en el galliniche clocadrador el tiempo suficiente para calcular que *galliniche* no es una palabra prima, sino una palabra que suma 80, lo que solo es un número par, pero que en cambio *galliniches* suma 99, que es un número más interesante aunque tampoco sea un número primo.

La siguiente persona que lee es Josh Bartel, que ha escrito acerca de sus cuatro peces tetra neón.

—Mi madre nos compró el primer pez a mi hermana y yo el verano pasado —dice.

Yo lo interrumpo en el acto.

—Señora Kushel —grito—. Señora Kushel, Josh ha roto una regla. Ha escrito: «a mi hermana y yo», y eso no es correcto.

—¿Rose, qué hemos dicho acerca de interrumpir?

—Pero debería haber escrito: «a mi hermana y a mí». *Mí.* «Yo» no es siempre correcto.

—Rose, ese es un comentario que podrías hacer después, cuando Josh haya terminado de leer —señala la señora Kushel.

—Además —me dice la señora Leibler en voz baja mientras Josh continúa leyendo la redacción—, podrías pensar en decirle antes algo positivo, y después señalar el error.

Bajo la cabeza y la pongo entre los brazos, sobre la mesa.

—¿Rose? —susurra la señora Liebler.

No levanto la cabeza.

—¡Él no ha cumplido las reglas! —digo, sintiendo las lágrimas en los ojos.

—Rose...

—La señora Kushel nos explicó con claridad esa regla el 17 de septiembre —digo en voz alta, con la cabeza todavía entre los brazos.

—¿Necesitas salir al pasillo?

Me pongo de pie de repente, la silla sale disparada hacia atrás y se estrella contra la mesa de Morgan.

—¡Eh! —grita ella.

Me pego en el lado derecho de la cabeza con la base de la mano. Una, dos, tres, cuatro veces.

Josh sigue leyendo acerca de sus peces tetra neón, pero casi todos los de la clase ahora me miran a mí.

—Vamos —dice la señora Leibler y me conduce hacia la puerta para salir al pasillo—. Tienes que tranquilizarte.

Imagino que mi padre se enterará de esto en el informe del viernes.

9

La señora Leibler, que se sienta a mi lado

La señora Leibler está casi siempre a mi lado. Se sienta junto a mí en la clase de la señora Kushel y camina conmigo hasta el lavabo y el patio. De todos los estudiantes de quinto de la Escuela Primaria Hatford soy la única que tiene una profesora asistente. Eso me lleva a pensar que la mayoría de los alumnos de quinto no necesitan asistentes. Pese a ello, dos veces he oído a niños de mi clase decir a la señora Kushel:

—No es justo que Rose reciba tanta atención especial.

La primera persona que lo dijo fue Lenora Tedesco. La segunda, Josh Bartel.

La señora Leibler también se sienta conmigo en la cafetería y allí comemos juntas. Yo compro mi comida. Como lo mismo todos los días: una manzana, un bocadillo de atún y leche. La señora Leibler trae su comida de casa. Ella no come lo mismo todos los días.

A veces trae un bocadillo, a veces sobras, como fideos (la señora Leibler los llama «pasta», una palabra que tiene un homónimo total: «pasta», del verbo «pastar») o un muslo de pollo o salmón o arroz con verduras. La señora Leibler siempre me dice:

—¿Te apetece probar, Rose?

Y yo siempre le digo que no porque no me gusta variar la comida.

Los lunes la señora Leibler elige a dos niños de la clase para que sean mis «compañeros de cafetería» durante la semana y coman con nosotros. Lleva una lista de los compañeros de cafetería para que todos hagan el mismo número de turnos. Por lo general, cuando anuncia quiénes serán mis compañeros nadie dice nada.

En la cafetería la señora Leibler me sigue mientras hago cola. Cuando tengo mi manzana, mi bocadillo y mi leche nos sentamos a una mesa y al poco tiempo los compañeros de cafetería compran solos lo que van a comer y luego vienen y se sientan con nosotros.

Hoy es lunes y mis nuevos compañeros son Flo y Anders, uno tiene un nombre divisible por 3 (Flo = 33) y el otro un nombre primo (Anders = 61).

La señora Leibler inclina la cabeza hacia mí.

—¿Rose?

Termino de masticar un bocado de manzana y digo:

—Vivo en una casa orientada al noreste. ¿Hacia dónde están orientadas *vuestras* casas?

La señora Leibler me mira levantando una ceja y recuerdo que la idea es que mire a Flo y Anders mientras hablo con ellos, y también recuerdo que la palabra «ceja» tiene un homónimo: «ceja», del verbo «cejar», que significa retroceder, ceder, pero sé que no debo decirlo ahora, así que solo me inclino por encima de la mesa y miro fijamente a los ojos a Flo y Anders para repetir la pregunta:

—¿Hacia dónde están orientadas *vuestras* casas?

Flo se encoge de hombros y se echa hacia atrás alejándose de mí.

—Pues... no lo sé —responde, y al ver que la señora Leibler está ocupada abriendo la fiambrera en la que ha traído la pasta, se vuelve hacia Anders y entorna los ojos.

Anders le responde entornando también los ojos y dice:

—Yo tampoco lo sé.

Pienso un momento. Después le digo a Anders:

—¿No sabes hacia dónde está orientada *tu* casa o no sabes hacia dónde está orientada la casa de *Flo*?

Él cierra los labios con fuerza y se me ocurre que quizás está intentando no reírse.

—No sé hacia dónde está orientado nada —dice.

A la señora Leibler le cae un poco de pasta en la camisa y en el acto se pone de pie y dice:

—Perdonad, vuelvo enseguida.

—¿Por qué te importa hacia dónde están orientadas las cosas? —pregunta Flo cuando nos quedamos a solas.

La señora Leibler no me ha preparado para esa pregunta así que digo:

—La palabra «pasta» tiene un homónimo: «pasta», del verbo «pastar».

—Vaya, eso es fascinante —replica Anders.

Flo suelta una risita.

—Por favor, háblanos más acerca de los homónimos.

Pongo la manzana en la mesa y les informo:

—Yo no incluyo abreviaturas en mi lista. ¿Creéis que «colección» es de verdad un homónimo de «col»?

—*Por supuesto* que no —responde Flo.

La señora Leibler regresa a la mesa con unas cuantas servilletas de papel.

—¡Señora Leibler, señora Leibler! —exclamo—. Les estoy contando a Flo y a Anders la regla sobre las abreviaturas y los homónimos.

La señora Leibler me mira por encima de las gafas y dice:

—Te propongo que llevemos la conversación en una dirección diferente. Algo sin homónimos. Piensa en algo como...

No quiero que la señora Leibler diga nada acerca de temas para iniciar una conversación delante de mis compañeros de cafetería. Siento que estoy a punto de llorar, pero no lo hago, y tampoco me pego en la cabeza. En lugar de eso, la miro mientras ella me mira por encima de las gafas («gafas», del verbo «gafar») para que no siga y les digo a mis compañeros:

—Tengo una perra que se llama *Rain*. —Y me dispongo a preguntar: «¿Tenéis vosotros alguna mascota?», pero recuerdo la redacción que hicimos en clase y el galliniche de Flo—. *Rain* come comida para perros Mi Mascota —continúo—. ¿Qué come tu galliniche clocadrador, Flor?

Flo suelta de nuevo una risita, pero esta vez su risa es auténtica.

(«Vez». Hasta ahora no me había dado cuenta de que la palabra «vez» puede sonar igual que «ves», del verbo «ver».)

—¡Te has acordado! —exclama Flo. Piensa durante unos segundos y finalmente dice—: Bueno... un galliniche clocadrador come comida para pollerros.

—¿Comida para *pollerros*? —exclama Anders.

—Oh —digo yo—. «Pollerros»: de «pollo» y «perro».

Anders comienza a reírse y entonces la señora Leibler se ríe también, y ahora en lugar de sentirme triste, estoy feliz con la señora Leibler y sus temas para empezar una conversación. De la misma forma que mi padre está feliz de que el tío Weldon me lleve al cole, aunque le molesta que la solución se le ocurriera a su hermano y no a él.

10

Anders no cumple las reglas

En el día número 32 con la señora Kushel termino
dos hojas de ejercicios de matemáticas sin decir una
palabra acerca del zumbido que estoy oyendo, que es
el que hace el teléfono móvil de la señora Leibler en
su bolso. Cuando resuelvo el último problema me
vuelvo hacia la señora Leibler y ella dice:

—Excelente, Rose. Has estado muy concentrada
hoy. Se te dan muy bien las mates.

(«Mates» es una forma abreviada de «matemáticas», así que no forma parte del trío de homónimos
compuesto por «mates», del verbo «matar», «mates»,
infusiones, y «mates», sin brillo.)

Echo un vistazo al reloj y veo que aún quedan
cuatro minutos de la clase de matemáticas.

—¿Puedo jugar con el juego de la pizza? —pregunto.

La señora Leibler mira el estante donde se ponen
los juegos de matemáticas.

—Alguien debe de estar utilizándolo —dice—. No está en el estante. ¿Te gustaría hacer otra cosa?

—No. Esperaré al juego de la pizza.

Yo siempre juego con el juego de la pizza cuando tengo tiempo libre durante la clase (homófono: «clase», especie, tipo) de matemáticas, y la señora Leibler lo sabe.

Espero pacientemente en mi mesa un momento. Luego me pongo de pie y miro alrededor en busca del juego.

—¡Ahí está! —grito—. Señora Leibler, está en la mesa de Anders y él no lo utiliza. Está hablando con Martin.

—Cálmate, Rose —dice la señora Leibler—. ¿Por qué no le preguntas a Anders si puede dártelo?

—¡Se supone que tiene que devolverlo al estante si no piensa utilizarlo! —digo y señalo con el dedo las reglas de la señora Kushel, que están junto a la puerta—. ¡Mire! Regla número seis. «Todos los juegos, utensilios, material artístico y libros deben devolverse a su lugar cuando no los utilice nadie.» ¡Él ha roto la regla!

—No creo que lo haya hecho a propósito —comenta la señora Leibler.

—Debería recibir un castigo —digo.

—La señora Kushel hablará luego con él sobre eso.

Ahora Anders me está mirando. Y lo mismo hace el resto de mis compañeros. Estira la mano para entregarme el juego de la pizza.

No lo cojo.

—No es justo —le digo a la señora Leibler—. Yo estaba esperando el juego y ahora ya ha terminado la clase de matemáticas.

—Lo siento, Rose —dice Anders.

«Siento», de «sentir», tiene un homónimo: «siento», de «sentar», pero eso ahora no me importa. Recojo mis hojas de ejercicios y entierro las uñas en ellas.

—Rose, por favor, dámelas —dice la señora Leibler.

Empiezo a llorar.

—Yo he esperado mucho rato.

—Lo sé, pero no estropees tus ejercicios. Dámelos y luego salimos al pasillo para que te calmes.

La señora Leibler deja las hojas de ejercicios sobre el escritorio de la señora Kushel. Después me acompaña al pasillo. De camino a la puerta, clavo el dedo en la lista de reglas.

—¡Número seis! ¡Número seis! —digo llorando.

11

Cuando *Rain* fue a la escuela

En el día número 33 el tío Weldon detiene su camioneta Chevrolet Montana negra en el camino de entrada a las 8.16 de la mañana. Nos ve a *Rain* y a mí sentadas en el porche y nos saluda sacando la mano izquierda por la ventanilla. Luego asoma la cabeza.

—¡Rose! —grita—. Trae a *Rain*. Hoy no tengo que ir a trabajar. Puedo pasar el día con ella.

Eso no forma parte de la rutina. Me quedo de pie en el porche durante un instante y miro a *Rain*.

—¡Vamos! —me llama mi tío—. *Rain* lo pasará muy bien conmigo. Y no estará solita.

—De acuerdo.

Cierro la puerta con llave, porque mi padre ya se ha marchado al taller, y llevo a *Rain* hasta la camioneta.

Rain se sienta entre el tío Weldon y yo mientras vamos a la Escuela Primaria Hatford.

—¿Están «basto» y «vasto», en tu lista de homónimos? —me pregunta el tío Weldon cuando pasamos delante de La Taza de Café en la Ruta 28—. Se me ocurrió anoche.

—Sí —digo—. Me gusta mucho ese par.

—Bueno —dice el tío Weldon—, en realidad se trata de un trío: por un lado, tenemos «vasto» de muy grande; por otro, «basto» de tosco y «basto» del palo de la baraja.

—Sí, tienes razón.

Rain me pone una pata en el regazo y yo le acarició los dedos.

—¿Qué haréis *Rain* y tú hoy? —pregunto.

—La dejaré correr por el patio mientras yo apilo la leña. A lo mejor luego salimos a pasear un rato.

—De acuerdo.

Aunque eso no sea la rutina, me alegro de que *Rain* se lo pase bien con el tío Weldon.

Llegamos a la calle de la escuela y mi tío dice:

—Espero que tengas un buen día, Rose. *Rain* y yo te recogeremos a las 2.42.

Se detiene frente al colegio y estira la mano para abrirme la puerta.

—Adiós —digo.

Antes de bajar, el tío Weldon y yo nos tocamos el corazón con los dedos cruzados.

Corro hasta la señora Leibler, que me espera en la puerta principal.

—¡Buenos días, Rose! —me saluda.

Caminamos deprisa la una al lado de la otra por los pasillos hasta el aula de la señora Kushel. Ya he colgado mi jersey y estoy sacando los deberes de la mochila cuando oigo que Flo dice:

—¡Eh! ¡Un perro!

Flo señala hacia la puerta del aula, así que me vuelvo y miro hacia allí.

Y allí está *Rain*, justo debajo de la lista donde aparecen las reglas de la clase.

—¡*Rain*! —exclamo—. ¿Qué estás haciendo aquí?

—¿Es tu perra? —pregunta Anders.

Rain me ve y cruza el salón trotando hasta mi mesa.

—Sí —digo.

—¿Es esa la perra de tu redacción? —pregunta Josh Bartel.

—Sí —digo.

—¿Qué hace aquí? —pregunta Flo.

Niego con la cabeza porque no lo sé.

—Supongo que me ha seguido —digo.

Rain debió de saltar de la camioneta antes de que el tío Weldon pudiera cerrar la puerta.

—Pero ¿cómo ha sabido dónde estabas tú? Llevabas por lo menos dos minutos en el aula cuando ella te ha encontrado —señala una niña llamada Parvani.

—Me ha seguido con la nariz —le digo.

Me siento en el suelo y abrazo a *Rain*. Ella me lame la frente y luego se sienta en el suelo también.

—¡Qué mona! —grita Flo, y se sienta con nosotras en el suelo—. ¿Puedo acariciarla?

—Sí.

Flo le acaricia el lomo a *Rain* y *Rain* pone su cara sonriente.

—¿Qué edad tiene? —pregunta Josh, que también se sienta en el suelo, con lo que en total somos tres humanos y una perra los que estamos sentados en el suelo del aula de la señora Kushel.

—No estoy segura. Mi padre la encontró una noche que estaba lloviendo. No sabemos cuántos años tenía entonces.

—Entonces ¿la habéis adoptado?

Antes de que pueda responder, Parvani dice:

—¿Cómo ha podido seguirte con la nariz?

—Tiene muy buen olfato. Como todos los perros. Pero yo creo que *Rain* es especial.

Ahora todos se han reunido a nuestro alrededor, incluso la señora Leibler y señora Kushel. Hay cinco personas acariciando a *Rain* a la vez.

Entonces oigo al tío Weldon:

—¿Perdón? —dice. Y luego—: Oh, gracias a Dios. ¡*Rain*, estás aquí!

Mi tío está en la puerta del aula.

—Me encontró —le explico.

—Y que lo digas. Quería seguirte en cuanto bajaste de la camioneta. La retuve, pero cuando la solté para cerrar la puerta, saltó fuera. —El tío Weldon se gira hacia la señora Kushel—. Lamento lo ocurrido —dice—. Ha sido culpa mía. Yo propuse que *Rain* nos acompañara esta mañana.

La señora Kushel está sonriendo.

—No ha pasado nada.

—*Rain* tiene una nariz muy inteligente —dice Flo, y le acaricia el hocico.

—Qué suerte tienes, Rose —dice Parvani.

La señora Kushel deja que todos se entretengan con *Rain* durante otros 3,5 minutos antes de decir:

—Muy bien, chicos. Hora de trabajar. Decid adiós a *Rain*.

El tío Weldon lleva en el bolsillo una correa que ata al collar de *Rain* antes de conducirla al pasillo.

—¡Adiós, *Rain*! ¡Adiós, *Rain*! —se despiden mis compañeros de clase.

Ese día a la hora de la comida mis compañeros de cafetería y yo tenemos mucho de que hablar.

12

Algo más acerca de los homónimos

He aquí algunos buenos ejemplos de homónimos:

baca (portaequipaje) / vaca (hembra del toro)
cobra (serpiente) / cobra (del verbo «cobrar»)
don (regalo) / don (tratamiento de respeto)
hulla (carbón) / huya (del verbo «huir»)
malla (red) / malla (prenda de vestir)

Un detalle del que ya os habréis dado cuenta es que en castellano muchos homónimos son verbos conjugados; eso es al mismo tiempo interesante y aburrido. Es interesante porque te da muchas más posibilidades. Por ejemplo: tienes un par de homónimos como «cayo» (isla rasa) y «callo» (dureza de la piel) y de repente te das cuenta de que en realidad es un trío porque también está «callo», del verbo callar. Y es un poco aburrido porque a veces hace que encontrar nuevos homónimos sea fácil: de «cayo» y «callo» pasas a «calló» y «cayó» (del verbo «caer»). O de «cobra» y «cobra» pasas a «cobre» y «cobre» (metal). E incluso demasiado fácil: de «caza» y «casa» pasas a «cace» y «case», «cazan» y «casan», etcétera.

No obstante a mí me siguen gustando todos los homónimos.

El día de escuela número 34 Josh Bartel me dice:

—¿Rose, por qué te tomas el trabajo de buscar los homónimos tú misma? Ya sabes, podrías encontrar cientos mirando las listas que hay en Internet. Todo lo que tendrías que hacer es buscar en Google «homónimos» y tendrías montones de listas que consultar. Algunas son interminables.

Pienso en lo que ha dicho Josh. Hay dos problemas. 1. Mi padre y yo no teníamos un ordenador antes, cuando Josh me propuso que llevara la lista en un ordenador, y seguimos sin tener uno ahora. 2. Otra de mis reglas de homónimos es que tengo que pensar en los homónimos yo misma. He descubierto muchos homónimos por casualidad, al consultar el diccionario, y fue así, por ejemplo, como aprendí que además de la palabra «casar» (contraer matrimonio) existe la palabra «casar» (anular), pero ¿qué sentido tendría buscar la lista de otra persona y simplemente copiarla? Mi lista es original.

Pero lo que yo le digo a Josh mientras lo miro fijamente a los ojos es:

—Me alegro de que te interesen los homónimos.

13

Al final del día

La rutina después de clase es que el tío Weldon me recoge a las 2.42 de la tarde y me deja en casa entre las 2.58 y las 3.01. *Rain* siempre me recibe dando saltos en cuanto abro la puerta, me lame las manos y la cara y, a veces, ladra. Por lo general después de eso nos sentamos en el porche un rato. Sin embargo, si llueve o hace mucho frío no nos sentamos en el porche. Al final del día de escuela número 35 no nos sentamos en el porche. Hay niebla y hace fresco, así que damos un paseo que dura solo 6,5 minutos. *Rain* tira de la correa cuando intento hacerla girar, y sé que le gustaría dar un paseo más largo, pero está todo muy mojado y hay demasiado barro.

—Voy a mirar la caja —digo mientras *Rain* me sigue de mala gana de regreso al patio.

Dentro del armario de los abrigos, sobre una balda, hay una caja, una caja para sombreros. Una cinta de raso blanco sujeta la tapa. La cinta está deshilachada, y eso me hace pensar que la caja y la cinta son viejas. Además, la caja era azul, pero con el paso de los años el azul se ha ido haciendo cada vez más y más pálido y ahora la caja tiene un tono gris claro.

Dentro de la caja hay cosas que pertenecieron a mi madre antes de que se marchara. A mi padre no le molesta que las mire, así que las miro aproximadamente cada cuatro meses, lo que es tres veces al año ($4 \times 3 = 12$).

Arrastro una silla hasta el armario, me subo en ella, estiro los brazos para coger la caja y la bajo con sumo cuidado. («Sumo» y «sumo», el arte marcial, y «sumo», del verbo «sumir», hundir, y «zumo», jugo.) La pongo sobre la mesa de la cocina. Antes de abrir la caja examino el exterior para ver si encuentro alguna pista sobre mi madre. Pero no veo nada. La caja siempre parece igual, salvo que el color es cada vez más pálido y la cinta está cada vez más deshilachada. Yo desearía que mi madre hubiera escrito algo en la caja, algo como **Estas cosas son importantes para mí** o **Regalos para Rose** o incluso solo **Tesoros**. Pero no hay palabras ni pistas de ningún tipo. Ni siquiera sé si la caja pertenecía a mi madre o si solo es una caja que mi padre encontró para guardar sus cosas. Mi padre ya no quiere hablar más de la caja o de lo que contiene.

Aparto la cinta, quito la tapa de la caja y veo los objetos que ya conozco. Los saco uno por uno y los pongo sobre la mesa formando una fila de izquierda a derecha. Siempre empiezo con el collar del que cuelga un nido de pájaro de plata. Dentro del nido hay tres perlas que son falsas y que representan los huevos de un pájaro. ¿Qué dice el collar acerca de mi madre?

Quizá que es una persona a la que le gustan los pájaros o los nidos de pájaro o los huevos de pájaro.

A continuación saco la concha marina que parece un cono de color canela. A mi madre también deben de gustarle las conchas. Le gustan los pájaros, los nidos de pájaro, los huevos de pájaro y las conchas.

El tercer objeto que saco es una fotografía de un gato negro. Detrás de la foto aparece escrito **Media-noche**. No recuerdo haber tenido un gato ni otra mascota antes de que mi padre trajera a *Rain*. Miro el gato un poco más. A mi madre le gustan los pájaros, los nidos de pájaro, los huevos de pájaro, las conchas, las fotografías y los gatos negros llamados *Medianoche*.

Después de la fotografía examino dos prendedores. El primero es una pequeña *R* de plata. *R* de Rose. Me pregunto por qué mi madre no se lo llevó con ella. Quizá no quería que el prendedor le recordara a su hija. Claro, si ella nos abandonó a mi padre y a mí, ¿por qué iba a querer pensar en nosotros? El segundo prendedor es lo que se conoce como un alfiler de sombrero. Sé todo esto acerca de los prendedores porque cuando yo era muy pequeña a veces mi padre sacaba el contenido de la caja para mirarlo conmigo y me hablaba de cada cosa. Ya no lo hace, pero antes sí, y por eso sé que la *R* es de Rose y que el segundo prendedor es un alfiler de sombrero. Parece una aguja muy grande y en un extremo, donde debería ir la cabeza del alfiler, hay un reloj diminuto. El reloj no funciona; las manecillas solo están pintadas. Señalan las 7.15. Una vez le pregunté a mi padre si había alguna razón para que el reloj marcara las 7.15 y él me dijo que no.

Me pregunto si a mi madre le gustarán los homónimos. Me pregunto si le gustarán los números primos o las reglas o las palabras.

Me pregunto si se marchó porque a mí me gustaban esas cosas.

Los otros objetos que hay en la caja de sombrero son una moneda de cinco centavos de dólar en la que aparece un búfalo, un pequeño recorte de periódico en el que se anuncia la boda de Elizabeth Parsons con Wesley Howard en la Primera Iglesia Presbiteriana de Hatford, el brazalete que me pusieron en el hospital cuando nací y una bufanda con una rosa estampada. «Rosa» y «roza». *Rose*.

Me gustaría saber más cosas acerca de mi madre. Sí sé qué aspecto tiene. Hay dos fotografías de ella en la mesa que está junto al sofá. Pero me gustaría saber algo más aparte de que le gustan los pájaros, los nidos de pájaro, los huevos de pájaro, las conchas, las fotografías, los gatos negros llamados *Medianoche*, los prendedores, la letra *R*, los relojes, las 7.15, las monedas de cinco centavos de dólar, los búfalos, el anuncio de su boda, mi brazalete de hospital, las bufandas y las rosas.

Miro el reloj que hay en la pared de la cocina. Tengo deberes: tres hojas de ejercicios que debo hacer esta tarde. Debo empezar a hacerlos. Luego prepararé la cena. Vuelvo a poner las cosas de mi madre dentro de la caja en orden inverso al que las he sacado, empezando por la bufanda y terminando por el collar, y luego dejo de nuevo la caja en la balda del armario.

Más tarde, cuando estoy mezclando el resto de la lata de comida para perros Mi Mascota con el pienso

Mi Mascota, enciendo la radio y oigo a la persona que pronostica el tiempo decir:

— ... tormenta se avecina. Se espera que dentro de tres días llegue el huracán *Susan*. Será una tormenta de proporciones épicas, una supertormenta que podría convertirse en la tormenta del siglo.

II

La parte sobre el huracán

14

La tormenta en el canal del tiempo

El día que oigo la noticia sobre el huracán *Susan*, mi padre llega a casa a las 5.43, una hora interesante porque los números que la forman están en orden decreciente. Y una buena hora además, porque significa que probablemente solo se tomó una copa en La Suerte del Irlandés después de que terminara en el taller J & R.

Para la cena he descongelado muslos de pollo y he preparado arroz. Para beber tenemos leche. *Rain* ya se ha comido su comida Mi Mascota. Mi padre y yo nos sentamos frente a frente a la mesa de la cocina. *Rain* se mete debajo de mi silla. Miro directamente a los ojos a mi padre y no digo ni una palabra acerca de homónimos.

—¿Por qué me miras así, Rose? —pregunta.

—Se avecina una supertormenta llamada huracán *Susan* —le digo.

—¿Dónde has oído eso? ¿Te lo ha dicho Weldon?

—Lo dijo el hombre que pronostica el tiempo en la WMHT. Ochenta y ocho punto siete en su dial.

Mi padre se encoge de hombros.

—Será una tormenta de proporciones épicas —añado.

—¿Y en qué consisten esas proporciones épicas?

Como no oí los detalles, respondo:

—Una supertormenta que podría convertirse en la tormenta del siglo.

Mi padre se encoge de hombros de nuevo.

—No estamos en la costa, Rose. Vivimos en el interior. Muy en el interior. El huracán no nos afectará. Los huracanes se quedan en la costa. A veces ni siquiera llegan a tocar la costa. Se dan media vuelta y regresan al mar.

Pienso un momento.

—Ochenta y ocho punto siete en su dial es la emisora local —digo.

—¿Y?

—La emisora local está hablando de una supertormenta.

A veces mi padre gruñe. Sus gruñidos suenan como un *unr*. Ahora gruñe.

—*Unr* —dice. Luego toma un sorbo de leche y dice—: Muy bien. Veremos qué dice el canal del tiempo más tarde.

Tan pronto terminamos de cenar y lavo los platos, enciendo el televisor en el salón. Busco el canal del tiempo, que es el canal 83, un canal primo. Dos personas están sentadas a una mesa. En la pantalla aparecen escritos sus nombres: Monica Findley y Rex Caprisi. Monica y Rex están muy serios. Detrás de ellos hay un mapa de Estados Unidos y a la derecha, arremolinándose en el océano Atlántico, hay una bola de color rojo que, se supone, es una imagen del huracán *Susan*. El huracán ocupa una buena parte del océano.

Monica y Rex están organizando sus papeles y hablando entre sí. Rex se vuelve y señala la bola roja que se arremolina en el mapa. Luego aparece una cara en un pequeño recuadro en el costado izquierdo de la pantalla y ahora Monica y Rex hablan con una tercera persona que se llama Hammond Griffon. Hammond Griffon es un experto en tormentas. Un segundo mapa aparece en la pantalla y ahora hay tantas cosas ahí que ya no puedo seguirlas todas. Me tapo los ojos con las manos y me meto los pulgares en las orejas y entonces oigo muy flojito que mi padre entra en el salón.

—Rose, no empecemos. Si la tele te molesta, solo tienes que apagarla —dice. Y luego añade—: ¿Qué pasa?

—Apaga la tele —le digo sin mover las manos.

Oigo que apaga la tele.

—Ahora sí: ¿qué pasa?

Dejo de taparme los ojos y las orejas.

—Había demasiadas cosas en la pantalla —digo esforzándome por explicar con claridad el problema.

Mi padre suspira.

—¿Qué cosas?

—Había tres personas y dos mapas. Y muchísimo ruido.

—Miraré el pronóstico del tiempo después, cuando te hayas dormido —dice mi padre finalmente. Después me pregunta—: ¿Te asustó lo de la tormenta o te sentiste confusa?

—Yo no estaba asustada.

Me mira frunciendo el entrecejo y luego gruñe: *Unr*.

—Mira, la tormenta no llegará tan lejos. Solo es que a la gente del tiempo le gusta armar jaleo para que todo el mundo vea el programa. Es posible que tengamos algo de viento y lluvia. Nada más.

—Vale.

—¿Por qué no te vas a la cama ya?

—Porque es demasiado pronto. —Mi rutina requiere que pasee a *Rain* durante cuarenta y cinco minutos, luego me pongo el pijama y después de eso sí me voy a la cama.

—De acuerdo, pero no pienses más en la tormenta.

—Vale.

—Creo que voy a salir un rato.

—Vale.

15

Dónde vivimos

Mientras mi padre regresa a La Suerte del Irlandés pienso en la supertormenta llamada huracán *Susan*. Me pregunto a cuántos kilómetros del océano Atlántico está Hatford. Necesito ver un mapa, pero no quiero encender de nuevo el canal del tiempo. La casa está en silencio. Me siento en el sofá y durante un rato acaricio a *Rain*. Luego recuerdo que había un mapa de Nueva Inglaterra en el garaje. Me pongo las zapatillas deportivas y enciendo una linterna para iluminarme a través del patio hasta el garaje, que es cuadrado y blanco. *Rain* me acompaña caminando tan cerca de mí que siento su hombro rozando mi pierna.

Enciendo la luz del garaje y encuentro el mapa. Está en el banco de trabajo de mi padre y no lo han doblado de forma apropiada, los pliegues no se han hecho en la dirección correcta, y por eso el mapa está hinchado en lugar de plano. Lo extiendo sobre el banco de trabajo y vuelvo a doblarlo como debe ser, luego lo extiendo de nuevo. Pongo el dedo sobre Hatford. Entre mi dedo y el océano Atlántico está todo el estado de Massachusetts y un trocito del estado de Nueva York. Quizá mi padre tiene razón. Quizá vivimos tan al interior que no debemos preocuparnos por un huracán. Pero entonces ¿por qué el hombre del tiempo de la WMHT estaba advirtiendo sobre la supertormenta?

Vuelvo a doblar el mapa asegurándome de hacer los pliegues en la dirección correcta, y *Rain* y yo salimos del garaje para regresar a la casa. Me siento de nuevo en el sofá. Pienso en la calle del Haya y mi vecindario.

He aquí algunos datos acerca del sitio donde vivo:

1. Los únicos edificios de la calle del Haya son La Suerte del Irlandés, el taller J & R, la casa en la que vivo con mi padre y *Rain* y nuestro garaje. Eso es todo.

2. Nuestra casa está en una pequeña elevación del terreno. El patio desciende desde la casa hasta la calle del Haya y la calle del Haya corre colina abajo hasta el taller J & R y La Suerte del Irlandés, que está al final.

3. En nuestro patio hay ocho árboles muy altos. Cuatro de ellos son arces, dos son robles, uno es un olmo y el otro es un abedul. Detrás de nuestra casa hay un bosque.

4. Hay montones de pequeños arroyos en nuestro vecindario. (La palabra «arroyo» tiene un homónimo interesante: «arrollo», del verbo «arrollar», atropellar. «Arroyos», en cambio,

no tiene ningún homónimo.) Esos arroyos no tienen nombre. El más grande corre paralelo a la calle del Haya, entre nuestro patio y la carretera. Pasa por debajo del pequeño puente que hay al comienzo del camino de entrada a nuestra casa. Nunca he visto que el nivel del agua supere allí los 26,5 centímetros. Los otros arroyos empiezan más arriba y van a parar al que pasa por delante de nuestra casa, que corre colina abajo.

Estos datos no son tan interesantes como los homónimos o los números primos. Son solo de carácter informativo. Pero necesitaréis entenderlos cuando leáis capítulos que vienen luego, como el Capítulo 19, que se titula «*Rain* no viene cuando la llamo» y tiene lugar el día después del huracán *Susan*.

Dejo de pensar acerca de la calle del Haya («haya», «aya», «halla») y la casa («casa», «caza») y el vecindario. Es hora («ora») de pasear a *Rain*. Más tarde, cuando ya estoy en la cama, esperando oír el coche de mi padre subiendo por el camino de entrada, abrazo («abraso») a *Rain* y la estrecho contra mí. Vivimos en el interior, me digo. Eso debe de ser bueno. Me lo digo una y otra vez («ves»).

Vivimos en el interior, vivimos en el interior, vivimos en el interior.

16

Cómo prepararse para un huracán

Es lunes cuando mi padre dice que la gente del canal del tiempo solo quiere armar jaleo para que todo el mundo vea el programa. El martes frunce un poco el entrecejo y pregunta por qué la gente del canal del tiempo no es más concreta sobre la trayectoria de la tormenta. El miércoles dice *unr* y añade que no recuerda haber pasado nunca más de cuatro días sin electricidad.

Hoy es jueves y cuando el tío Weldon llega para dejarme después de la escuela, mi padre está en casa, fuera, en el patio. («Fuera», en el exterior, y «fuera», del verbo «ser».) Mi padre está comprobando si los bidones de gasolina están llenos. *Rain* lo mira desde el sofá del porche. Tiene la cabeza apoyada sobre las patas delanteras, pero con los ojos bien abiertos, atenta. («Atenta», de prestar atención, y «atenta», del verbo «atentar».)

—Adiós —le digo al tío Weldon, y como es una persona que me cae bien, antes de cerrar la puerta de la camioneta me inclino hacia él, lo miro directamente a los ojos y le digo con claridad—: Gracias por traerme.

El tío Weldon me sonríe.

—De nada. Nos vemos mañana.

Dedos cruzados, corazones tocados.

Mi tío le dice adiós a mi padre a través del parabrisas y da media vuelta con la camioneta.

—No estás en el taller —le digo a mi padre.

—No, no estoy en el taller. Muy observadora.

Eso podría ser un sarcasmo, lo que es una especie de burla.

Rain baja de un salto del porche y viene corriendo a saludarme y mi padre dice:

—Iré a la ciudad a comprar provisiones. ¿Queréis acompañarme?

—¿Provisiones para la supertormenta llamada huracán *Susan*?

—Sí. ¿Queréis acompañarme? —repite, y eso lo dice para recordarme que debo responder a su pregunta.

—Sí, quiero —digo.

Me siento junto a mi padre en la cabina de nuestra camioneta. *Rain* va en la parte de atrás. Bajamos por la calle del Haya. Al pasar por delante del taller J & R mi padre saluda con la mano a Jerry, que es uno de los propietarios. No sé por qué mi padre no está trabajando hoy, pero no le pregunto nada. («Nada», de ninguna cosa, y «nada», de «nadar».)

Al final de la calle del Haya mi padre gira a la izquierda sin usar el intermitente.

—Eh, no has... —grito.

Pero mi padre me interrumpe:

—¡Cállate, Rose! —dice sin volverse para mirarme.

Llegamos a Hatford y mi padre deja la camioneta en un párking cerca de la ferretería. Dentro de la tienda hay muchísima gente. Hay tantas personas comprando allí que es difícil caminar por los pasillos.

Yo me estrujo las manos.

—Dos, tres, cinco, siete, once, trece —canturreo mirando al techo.

—Déjalo, Rose —dice mi padre.

—Hola, ola; baca, vaca; haz, haz; rosa, roza...

—Rose, basta. ¿Qué te pasa? ¿Es la gente? ¿Te parece que hay demasiada gente?

—Sí.

—¿Necesitas volver a la camioneta?

—No lo sé.

—Porque si no, me vendría bien un poco de ayuda. —Mi padre me arrastra hasta un rincón de la tienda donde no hay tanto ajetreo—. Toda esta gente ha venido a comprar provisiones y me gustaría comprar lo que necesitamos antes de que todo se agote. ¿Podrías calmarte y echarme una mano? —Me tiene agarrada por los hombros y me aprieta con fuerza. Además, su cara está muy muy cerca de la mía—. ¿Rose? ¿Podrías ayudarme, por favor? Sé que puedes hacerlo. Lo haremos.

«Haremos», «aremos».

—Vale —digo.

Mi padre consigue un carrito y yo me concentro en lo que necesitamos. Platos y vasos desechables por si el lavavajillas no funciona, papel de cocina por si la lavadora no funciona, agua por si la bomba de agua no funciona, pilas AA y pilas C y pilas D para la radio y las linternas y las herramientas.

(«Caso» es una palabra con cuatro homónimos: «caso», de «casar», contraer matrimonio, y «caso», de «casar», anular, y «cazo», de «cazar», y «cazo», de recipiente.)

Ayudo a mi padre a llevar las provisiones a la camioneta. Luego vamos al supermercado y compramos cereales y pan y comida para perros y latas de sopa y otras cosas que no se estropeen por si la nevera no funciona.

Después del supermercado vamos a la estación de servicio Exxon y llenamos los bidones de gasolina.

Esa tarde Sam Diamond llama a mi padre a las 6.21 de la tarde y ambos deciden ir a La Suerte del Irlandés, así que *Rain* y yo nos quedamos solas en casa. Pensando en la tormenta, caigo en la cuenta de que podría escuchar el canal del tiempo sin necesidad de ver la pantalla. Dando la espalda a la tele oigo a Rex Caprisi decir que se espera que el huracán *Susan* toque tierra en un par de horas y luego continúe hacia el norte por la costa.

Hacia el norte por la costa.

«Costa», orilla, y «costa», costo.

Vivimos en el interior, vivimos en el interior.

Pienso en todo el espacio que había entre mi dedo y el océano Atlántico en el mapa de Nueva Inglaterra que estaba mal doblado en el garaje. Pese a ello, pongo la radio y busco la WMHT. El locutor dice que el huracán *Susan* es una tormenta extremadamente grande y que llegará a nuestra zona mañana por la noche.

Me pongo delante de los aparadores en los que mi padre dejó las provisiones que compramos. Empiezo a contar.

16 rollos de papel de cocina
24 rollos de papel higiénico
2 paquetes grandes de servilletas
4 paquetes de platos desechables
2 paquetes de vasos desechables

Miro la comida. Me pregunto si tendremos suficientes provisiones para un corte del suministro eléctrico que dure dos días, cuatro días, una semana.

«Corte», de «cortar», y «corte», conjunto de los cortesanos.

Me pregunto qué pasará si un árbol cae sobre nuestra casa.

«Casa» y «casa» y «caza».

Me siento con *Rain* en el sofá hasta que llega la hora de sacarla de paseo y luego nos vamos a la cama y yo la rodeo con mis brazos y siento que su pecho sube y baja con cada respiración.

Cruzo los dedos y toco con ellos el corazón de *Rain*.

17

La espera

A la mañana siguiente mi padre me despierta diciendo:

—Estás de suerte, Rose. Hoy la escuela cerrará a mediodía.

Es un cambio imprevisto. No figura en el calendario escolar.

Frunzo el entrecejo y me siento en la cama.

—¿Por qué? —pregunto.

Mi padre está de pie en la puerta, mirándonos a *Rain* y a mí en la cama.

—¿Por qué? —repite—. Por la tormenta de la que llevas hablando toda la semana. Se cree que llegará esta noche.

—Si llegará esta noche, ¿por qué cierran la escuela a mediodía?

—Por Dios, Rose, no lo sé. Para que la gente tenga tiempo de prepararse, supongo. No podemos hacer nada al respecto, así que limítate a aceptarlo y ya. Hoy saldrás a mediodía, ¿de acuerdo?

El tío Weldon me lleva a la Escuela Primaria Hatford y la señora Leibler me acompaña a la clase. Todos mis compañeros están hablando del huracán *Susan*, la supertormenta. Llegó a tierra al sur de donde estamos. Cuatro personas han muerto. Y miles más han perdido sus hogares. Hay ciudades inundadas. Y daños en el tendido eléctrico. La tormenta se encamina hacia el norte y se espera que haga un giro hacia el interior.

Vivimos en el interior, vivimos en el interior.

Las letras de *Susan* suman 74, un número que no es primo, y últimamente no se me ha ocurrido ningún homónimo nuevo.

Después de pasar lista la señora Kushel nos pregunta si nos gustaría hablar de la tormenta.

Todos dicen que sí.

—Es la tormenta más grande de la historia —anuncia Josh. Parece disfrutar con eso.

—Ya ha habido muertos —dice Parvani con nerviosismo.

Me pongo de pie y digo en voz alta:

—¡Dos, tres, cinco, siete, once, trece!

Antes de que pueda decir «diecisiete», la señora Leibler me conduce al pasillo.

El tío Weldon me lleva a casa a las 12.17 del mediodía. Por lo general, me deja y vuelve de inmediato a su trabajo, pero hoy le han dado permiso para que se quede conmigo hasta que regrese mi padre. Ninguno de los dos habla acerca de la nota de la señora Leibler.

Cuando mi padre abra el sobre más tarde se enterará del incidente de los números primos. .

A la 1.21 de la tarde mi padre regresa del taller J & R y mi tío se marcha.

—Intentemos mantenernos en contacto —nos dice a mi padre y a mí—. Con suerte la tormenta no pasará por aquí y al final todo quedará en un susto.

—Te llamaré mañana —dice mi padre.

El tío Weldon se encamina hacia la calle y yo le entrego a mi padre la nota. La lee mientras estamos en el porche. Niega con la cabeza.

—Por Dios, Rose, ¿no puedes decirte esos números en la cabeza?

Mi padre se queda en casa el resto del día. Y se queda también después de cenar. *Rain*, mi padre y yo solos en casa con los ocho árboles altos que tenemos fuera.

Ahora se oye el viento y llueve un poco.

Mi padre sintoniza el canal del tiempo y yo me siento en mitad del salón de espaldas a la tele.

—Estamos justo en la trayectoria. —Oigo decir a mi padre—. Es imposible que no pase por aquí.

—Hoy Morgan rompió una regla —le digo sin volverme—. No levantó la mano e interrumpió a la señora Kushel.

Mi padre no dice nada.

—¿Sabes quién más rompió una regla? Josh. En el primer día de cole se puso a gritar, y gritar va contra las reglas.

—¿No te gustaría venir aquí y ver esto como una persona normal?

—Y una vez Anders me puso la zancadilla. A propósito. Y Flo se ha colado dos veces en la fila de la cafetería.

—Rose, no me dejas oír lo que están diciendo en la tele.

—Y también...

Mi padre se pone de pie de un salto. Y hace el gesto de lanzarme el mando a distancia, pero entonces probablemente se acuerda de que la tele no funcionará sin el mando y baja la mano.

—Vete a tu habitación —dice.

Retrocedo alejándome de él. *Rain* me sigue hasta mi cama. Saco la lista de los homónimos. La estudio y la estudio y luego oigo desde el salón la voz de Rex Caprisi, del canal del tiempo.

—Será una noche larga. Muchos estaremos en vela.

Bajo de la cama de un salto.

—¿Has oído, *Rain*? ¡Vela! ¡«Vela», de «velar», no dormir, vigilar, y «vela», de «velar», ocultar! Estoy segura de que son palabras distintas. ¡Un nuevo par de homónimos!

Recorro la lista con el dedo hasta la sección *V* y veo que no hay espacio para el nuevo par de homónimos. Tendré que reescribir toda la lista a partir de la sección *V*.

Voy por «lisa», sin aspereza, y «liza», combate, cuando vuelvo a escribir una *s* en lugar de la *z*. Tiro el boli al suelo.

—¡Dos, tres, cinco! —grito, y arrugo la hoja de papel.

En un instante mi padre se planta en la puerta. Me mira a mí y luego la hoja de papel.

—Ya he tenido suficiente —dice en voz baja.

Rain se pone entre él y yo.

—Si no puedes controlarte aquí, por lo menos contrólate en la escuela. Estoy harto de esto. Estoy harto de las notas. Estoy harto de las reuniones.

—Pero mi lista de homónimos...

Mi padre se agacha y recoge la hoja de papel arrugada.

—Ni una palabra más acerca de los homónimos. Recoge todo esto y acuéstate. Ahora.

Mi padre no se aparta del marco de la puerta, así que *Rain* y yo tenemos que cambiar nuestro horario por segunda vez en el día. Me meto bajo las mantas con la ropa puesta. *Rain* se echa a mi lado con cautela.

Las dos tenemos que hacer pis.

18

Ruidos de tormenta

Mi padre cierra la puerta de mi habitación y *Rain* y yo quedamos a oscuras. Veo una franja de luz debajo de la puerta y oigo las voces del canal del tiempo.

No consigo dormirme, ni siquiera con la mano descansando sobre el lomo de *Rain*, tan liso.

El viento hace más ruido. Casi tanto como un tren. *Rain* gime.

El sonido de la tele desaparece y luego la franja de luz se atenúa, y por eso sé que mi padre se ha ido a la cama.

La lluvia cae cada vez con más fuerza hasta convertirse en un estruendo sobre nuestras cabezas. A mi lado *Rain* empieza a temblar.

En el patio los árboles crujen y rechinan. Oigo ramas que se quiebran.

Y a veces («beses») también se oyen golpes fuertes contra las ventanas de la casa («casa», «caza»). Suena un *pum* y me abrazo («abraso») a *Rain*, pero las ventanas no se rompen.

Me levanto de la cama y camino de puntillas hasta («asta») la puerta de la habitación. Pongo la mano («mano») sobre el pomo. Abro un poquito la puerta, pero no me atrevo a poner un pie («pie») fuera («fuera»). Hace («ase», «ase») frío («frío»). Escucho con atención. No se oye nada («nada») salvo los ruidos de la tormenta. Me asomo y echo («hecho») un vistazo a la puerta de la habitación de mi padre. Está cerrada. No se ve ninguna luz por debajo. Mi padre no se ha desvelado.

«Desvelado» y «desvelado».

Dejo la puerta entreabierta y regreso a la cama.

El reloj marca las 11.34 de la noche cuando oigo caer un árbol en el patio delantero.

Marca la 1.53 de la madrugada cuando una fuerte ráfaga de viento arroja algo contra nuestra puerta principal y yo me pregunto qué habremos dejado afuera. *Rain* tiembla tanto que hasta la cama vibra.

El reloj marca las 3.10 de la mañana cuando oigo un violento crujido procedente de la calle, creo, y luego el reloj parpadea y se apaga, y todos los zumbidos de la casa cesan al mismo tiempo.

Nos hemos quedado sin corriente eléctrica.

Abrazo a *Rain* tan fuerte como puedo y, finalmente, me duermo.

Cuando despierto una luz tenue entra a través de la persiana de mi ventana. La casa está en silencio. La tormenta prácticamente ha acabado.

Rain no está en mi habitación.

19

Rain no viene cuando la llamo

En la encimera de la cocina hay un reloj que no es eléctrico. Es redondo y azul y en la cara lleva pintada una ola de mar. Por encima de la ola figuran las palabras *Atlantic City*. La mañana después de la tormenta, salgo de mi habitación de puntillas y voy a la cocina, que está en completo silencio. Lo primero que miro es el reloj. Las manecillas marcan las 8.05. A continuación me vuelvo para ver si la puerta de la habitación de mi padre está abierta. No lo está. Cojo el teléfono y espero a que se oiga el tono de marcar. Nada. Presiono unos cuantos botones. Sigue sin oírse nada. No tenemos electricidad y tampoco teléfono.

Camino hasta la ventana del salón y miro afuera. Hace un día muy oscuro y húmedo. Todavía sigue lloviendo, pero poco y sin fuerza, como si pronto fuera a parar. En los árboles las hojas se agitan un poco, pero el viento no ruge como durante la noche.

En nuestro patio hay dos árboles caídos, el abedul y el olmo. El abedul salió con raíces y todo. Las puntas de las ramas descansan sobre el techo del porche. El olmo se rompió justo por encima del terreno. Cayó en la dirección opuesta, hacia la calle y se llevó consigo el tendido eléctrico. Además, uno de los cuatro robles se abrió por la mitad y la parte alta de otro se desprendió. Hay ramas y hojas por doquier.

Miro de lado hacia el camino de entrada, que está cubierto de ramas y hojas como todo lo demás, y lo sigo hasta la calle.

Me quedo sin aliento al darme cuenta de que estoy viendo el arroyo que corre paralelo a la calle del Haya. Es la primera vez que consigo ver el agua estando tan lejos. Como dije en el Capítulo 15, «Dónde vivimos», el nivel nunca había superado los 26,5 centímetros. Pero ahora hay tanta agua que el arroyo se ha desbordado hasta inundar la calle y la parte baja de nuestro patio. La corriente baja rápida y con fuerza y en abundancia, como si fuera un río, y no cabe debajo de nuestro puente, de modo que pasa rugiendo por encima de él. El agua ha arrasado el final del camino de entrada. Hay trozos de madera gruesos que se desprenden y se precipitan calle abajo.

Estamos aislados en nuestro terreno. Comprendo que aunque deje de llover, el arroyo seguirá crecido y no habrá camino para pasar. Doy media vuelta preguntándome si será correcto despertar a mi padre. Quiero preguntarle por el puente y saber qué piensa de que estemos aquí separados de todo.

Estoy a punto de llamar a su puerta cuando me doy cuenta de que no he visto a *Rain*. No está en la cocina ni en el salón. Regreso a mi habitación y miro debajo de la cama. A veces *Rain* se esconde allí cuando se asusta.

Rain no está.

La busco en el lavabo.

Rain no está.

La busco de nuevo en la cocina y el salón.

—¿*Rain*? —la llamo—. ¿*Rain*?

Nada.

La llamo más fuerte.

—¿*Rain*?

De repente la puerta de la habitación de mi padre se abre de par en par.

—Rose, deja de gritar. Dejé salir a *Rain*. Necesitaba hacer pis.

—¿La dejaste salir? ¿Cuándo?

—No lo sé. Hace un rato.

—¿Y la dejaste entrar luego?

—No.

—¿Por qué no lo hiciste?

—Porque era muy temprano. Volví a la cama. Quería dormir. Probablemente, esté en el porche.

Me olvido de los árboles y la corriente y el camino de entrada y el hecho de estar aislados y corro a abrir la puerta principal.

El porche está húmedo. Todo gotea agua y el sofá está empapado.

No veo a *Rain*. La llamo de nuevo. Luego salgo al porche, descalza. Me detengo al comienzo de los escalones.

—¡*Rain*! ¡*Rain*! ¡*Rain*! ¡*Rain*! —grito a la mañana gris.

Lo único que se oye es el ruido que hacen las gotas de agua.

Empiezo a respirar muy deprisa.

Creo que es una señal de pánico.

—Dos, tres, cinco, siete, once —digo—. Dos, tres, cinco, siete, once.

20

Por qué me enfado con mi padre

Me siento en una silla a la mesa de la cocina.

Algo le ha pasado a *Rain*.

Mi padre la dejó salir y ella no ha vuelto.

Ella no es así.

Es posible que se haya perdido.

Vuelvo a mirar por la ventana y veo la corriente y los árboles caídos y la parte baja del patio que ahora parece un estanque.

—¿La has encontrado?

Doy un brinco. Me vuelvo para ver a mi padre. Está de pie en la entrada de su habitación vestido solo con una camiseta interior y calzoncillos bóxer.

—¿A qué hora la dejaste salir? —pregunto.

—¿Eso significa que no la has encontrado?

—No viene cuando la llamo.

—¿Por qué no puedes responderme? Di: «No, no la he encontrado.»

—No, no la he encontrado. ¿A qué hora la dejaste salir?

Mi padre se rasca el cuello y se sienta a la mesa de la cocina.

—No tenemos luz —dice—. ¿Tampoco teléfono?

—Yo he respondido tu pregunta, pero tú no has contestado la mía.

Veo que se forma una sonrisita en la boca de mi padre, pero lo único que dice es:

—A las siete y cuarto.

Siete y uno y cinco suman trece, que es un número primo, pero en este caso no creo que sea nada bueno.

—Lleva fuera más de una hora —digo.

—Ahora responde tú mi pregunta. ¿Tenemos teléfono?

—No. ¿Por qué no vigilaste a *Rain* cuando salió?

—Rose.

—¿Por qué no?

—Rose, me estás cabreando.

—Bueno, entonces: ¿por qué no me despertaste?

—¿Qué? ¿Cuándo salió *Rain*? No lo sé. Porque siempre la dejamos salir sola y ella siempre vuelve al porche.

—Nunca antes había salido durante una tormenta.

—¿Ya has desayunado?

—Estaba buscando a *Rain*.

—Ya. ¿Has desayunado?

—No.

Mi padre empieza a sacar la comida. Pone sobre la mesa cuencos y vasos desechables, una caja de cereales y, por último, la leche que saca de la nevera, que está oscura por dentro.

—La leche no se ha estropeado —dice después de olisquearla.

Camino de la ventana a la mesa y vuelvo a la ventana. Abro la puerta principal.

—¡*Rain*! ¡*Rain*! —grito.

—El desayuno ya está listo —dice mi padre.

—*Rain* se ha perdido —digo entrando de nuevo.

Mi padre va hasta la ventana.

—Qué desastre —dice.

—El agua se llevó el puente del camino de entrada —le digo—. Estamos aislados.

—¡Me cago en...!

—Ojalá pudiéramos llamar al tío Weldon.

—¿Qué iba a hacer él?

—Ayudarme a buscar a *Rain*. ¿Por qué no la vigilaste cuando salió?

—Ya respondí a esa pregunta, Rose. Ahora come.

Me quedo en la ventana. Voy a mi habitación y vuelvo a la cocina.

—¿Por qué no miraste para asegurarte de que volvía?

Mi padre estampa la mano contra la mesa y el brick de leche da un salto. Mira el reloj de Atlantic City.

—Son las ocho y media —dice—, y ya estoy de ti hasta el gorro.

Las 8.30 es la hora en la que mi padre está hasta el gorro y también la hora en la que advierto que el collar de *Rain* está colgado en el pomo de la puerta. Ahí fue donde lo dejé anoche, antes de que mi padre nos mandara a la cama a *Rain* y a mí sin haber hecho pis.

Rain está perdida fuera y no lleva su collar.

No tiene identificación.

Mi padre fue quien la dejó salir. Por eso estoy enfadada con él.

21

La nariz de Rose

Todos los perros tienen la nariz inteligente, pero la de *Rain* debe de serlo especialmente. Pienso en el día en que me siguió por los pasillos del colegio hasta que me encontró en el aula de la señora Kushel. Su nariz tuvo que seleccionar entre los olores de montones de niños y maestros y elegir rastrear justo el mío.

Recuerdo que Parvani dijo: «Qué suerte tienes, Rose.» Suerte por tener a *Rain*, quería decir, una perra con una nariz tan inteligente.

No soy capaz de comerme el cereal que mi padre me ha servido. Dejo la mesa y vuelvo a plantarme en la puerta principal.

—El que espera desespera —dice mi padre.

Se mete en la boca una cucharada de cereal y se la traga con un sorbo de una lata de Coca-Cola tibia.

—¿Qué? —digo.

—¿Nunca has oído esa expresión? Significa...

—Mi padre hace una pausa—. Significa, bueno, que no deberías quedarte ahí de pie, esperando. *Rain* ya vendrá cuando esté lista.

Me doy media vuelta para ver a mi padre.

—*Rain* tiene una nariz inteligente —le digo.

—*Unr.*

—Sí, así es. Aunque se haya perdido en la tormenta la nariz la ayudará a encontrar el camino de regreso a casa.

—Muy bien. Entonces ven y cómete el desayuno.

El día es largo y oscuro. La lluvia cesa y el viento deja de soplar, pero el sol no sale. La casa está fría. Mi padre se pone los pantalones y una camiseta de franela. Enciende la estufa de madera. Pienso que estaría más calentita si *Rain* estuviera aquí.

Después de desayunar pregunto si puedo salir y buscar a *Rain*.

Mi padre se detiene en el porche delantero y considera mi pregunta.

—Puedes salir de casa, pero no quiero que salgas del patio —dice finalmente—. Hay postes caídos y podrías electrocutarte. No te acerques a ningún cable y al agua. No tienes ni idea de la fuerza que puede tener ese torrente.

—¿*Rain* podría nadar en él?

—¿En un torrente así? Lo dudo.

Camino por el patio llamando a *Rain*.

—¡*Rain*! ¡*Rain*! ¡*Rain*! —grito.

Para avanzar tengo que esquivar las ramas y pasar por encima de los árboles caídos.

Ni rastro de *Rain*.

Camino ladera abajo hacia la calle del Haya, pero me detengo al llegar al agua. La que inunda nuestro patio no se mueve con rapidez, pero no sé qué profundidad puede tener. La que baja paralela a la calle sí se mueve con rapidez. Es un torrente, como dijo mi padre. Tiro una rama dentro y desaparece de inmediato. No vuelvo a verla.

Llamo a *Rain*, pero la corriente hace tanto ruido que apenas si logro oír mi propia voz.

Vuelvo a casa. Mi padre está sentado a la mesa de la cocina intentando sintonizar la radio de pilas.

—Porquería de trasto —lo oigo murmurar justo antes de que el estruendo de una voz invada el salón.

—Funciona —digo, y luego recuerdo el comentario sarcástico de mi padre acerca de ser muy observadora. Espero que diga algo de ese tipo, pero en lugar de eso se limita a seguir manipulando los botones.

Al final sintoniza una alerta meteorológica sobre el peligro de inundaciones.

—Qué sorpresa —dice mi padre—. Peligro de inundaciones.

Ese sarcasmo va dirigido a la persona de la radio.

A la hora de la comida cada uno comemos un plátano y un bollo sin tostar con mantequilla de cacahuete. Luego mi padre dice:

—Quizá deberíamos empezar a limpiar el patio. De momento no podemos hacer nada más.

—Ojalá pudiéramos hablar con el tío Weldon —digo.

—Bueno, pues no podemos. El teléfono no funciona y las carreteras están cortadas.

Trabajamos en el patio toda la tarde. Para cuando empieza a anochecer hemos apilado la mayoría de las ramas caídas para usarlas como leña cuando se sequen. Los árboles habrá que cortarlos después con la motosierra.

Mi padre empieza a caminar hacia la casa, que está a oscuras. Yo me quedo en el patio un momento y miro alrededor. Quizá vea los ojos de *Rain* brillando con la última luz del día. Miro y miro.

Nada.

Esa noche me cuesta dormirme. Me echo en la cama y pienso en *Rain*. Me levanto cinco veces y compruebo el porche delantero para ver si su nariz la ha traído de vuelta a casa. Pero no la veo.

Al final me quedo dormida. No me despierto hasta la mañana siguiente, cuando mi padre llama a la puerta de mi habitación. Entra y dice:

—La escuela estará cerrada por tiempo indefinido.

Lleva en la mano la radio de pilas.

—¿Está *Rain* en el porche?

Mi padre suspira.

—No —dice.

—¿Qué vamos a hacer hoy?

Me señala la ventana.

—Brilla el sol. No hace tanto frío. Podríamos seguir trabajando en el patio.

—De acuerdo. ¿Cuánto crees que puede durar el tiempo indefinido?

Mi padre niega con la cabeza.

—Rose, el tiempo indefinido es indefinido. Significa que nadie sabe cuánto durará.

Indefinido, por tanto, implica incertidumbre. A mí no me gusta la incertidumbre.

—¿No podría alguien hacer una suposición? —pregunto—. De verdad que necesito saberlo.

—Lo siento mucho, pero vas a tener que esperar —responde mi padre, enseñándome la radio—. He estado escuchando las noticias. El corte de electricidad es en todas partes. Millones de personas están a oscuras. Millones. Puede que se necesiten semanas para repararlo todo. Y la escuela no abrirá hasta que vuelva a haber electricidad.

Pero yo necesito mi rutina.

Y sobre todo necesito a *Rain*.

Para desayunar mi padre y yo comemos cereales sin leche y galletas con mantequilla de cacahuete. Luego salimos al patio. Mi padre mira los árboles caídos. Yo camino hacia la calle del Haya y miro el agua. Parece haber menos en nuestro patio. Pero por todas partes a mi alrededor sigo oyendo el fuerte ruido de las corrientes de agua. El agua baja silbando y rugiendo. Los pequeños arroyos se han convertido en riachuelos y los riachuelos se han convertido en ríos. Y puedo imaginar que si el agua se llevó nuestro puente, se habrá llevado otras cosas. Cosas más grandes y cosas más pequeñas. Casas quizás, y toda clase de seres vivos.

Miro los cables del tendido eléctrico que todavía están atravesados en la calle del Haya. Miro en dirección a La Suerte del Irlandés y veo los árboles que han caído a lo largo de la vía y bloquean el paso. Me doy cuenta de que pasará un buen tiempo antes de que el tío Weldon pueda visitarnos.

Al final de la tarde, cuando mi padre empieza a

cansarse de zumbar entre los árboles con la motosierra, veo a alguien que viene subiendo por la calle.

—¡John! —lo llama mi padre.

El hombre lo saluda con la mano. Luego camina por el agua hasta el lugar donde debería estar nuestro puente.

—Habéis quedado aislados —dice John, que tiene un nombre primo (47) y que posiblemente sea alguien que mi padre conoce de La Suerte del Irlandés.

Mi padre se lleva una mano a la cintura. Se seca la frente con la manga.

—Sí. Pasará un tiempo antes de que podamos arreglar eso. Tal vez podría construir un puente provisional sobre el riachuelo. ¿Has oído algo?

—Las inundaciones por aquí han sido terribles —dice John 47—. El agua se ha llevado poblaciones enteras. No la nuestra, pero sí otras. Mucha gente ha perdido su casa. Y me temo que muchas más han quedado inhabitables. Quién sabe adónde tendrán que marcharse los propietarios.

Mi padre mueve la cabeza.

—¡Qué desastre! —dice.

Para cuando mi padre y yo nos acostamos me doy cuenta de que *Rain* lleva perdida treinta y siete horas, otro número que es primo pero no bueno.

Me echo («hecho») en la cama con varias capas («capas») de ropa porque la casa («casa», «caza») está muy fría («fría»). Oigo el agua correr fuera («fuera»). Pienso («pienso») en *Rain*.

Por primera vez pienso que ha podido extraviarse tanto que no será capaz de encontrar el camino de regreso a casa nunca más.

22

Lo que debe de haber ocurrido

Me quedo echada en la cama un buen rato. Despierta, porque no consigo dormir. Desvelada: «Desvelada.» Ni siquiera he mirado si tengo espacio en la lista para ese homónimo. No dejo de pensar en *Rain*. A pesar de que la habitación está helada entreabro la ventana. Presto atención al ruido que hace el torrente de agua. Me imagino gotas de agua diminutas en la cima de una colina, deslizándose poco a poco para unirse a arroyos y riachuelos, ganando cada vez más fuerza y velocidad, encontrando ríos. Luego me imagino todas esas gotas y arroyos y riachuelos y ríos creciendo con los treinta y ocho centímetros de lluvia que cayeron durante el huracán *Susan*. Esa fue la cantidad de lluvia que recibimos en doce horas. Treinta y ocho centímetros. Mi padre lo oyó en la radio de pilas.

Intento imaginarme el camino de entrada a la casa en el momento en que, repentinamente, el puente se soltó, cómo debieron de crujir y estremecerse los tablones antes de que empezaran a quebrarse e irse flotando calle abajo. Recuerdo lo que mi padre dijo acerca de la fuerza de la corriente y lo que John 47 dijo acerca de que poblaciones enteras habían sido arrasadas.

Y, por fin, creo que ya sé qué le ocurrió a *Rain*. Esta es mi idea: después de que mi padre la dejara salir en plena tormenta, caminó por el patio en la penumbra. Ella es muy inteligente y tiene una nariz muy inteligente, pero no sabía lo suficiente como para mantenerse alejada del agua en la parte baja del patio. *Rain* es curiosa y es posible que se inclinara para ver qué podía decirle su nariz acerca del torrente que bajaba por la calle del Haya. Quizá viera algo flotando y se acercara aún más para verlo mejor. O quizá solo quisiera beber un poco de agua.

Fuera como fuese, *Rain* se acercó demasiado y el agua la arrastró. Ella es una buena nadadora, pero la corriente debió de llevarla muy lejos antes de poder salir. Cuando finalmente salió del agua olió y olió, pero en el lugar en el que estaba no había ningún olor que conociera. No pudo encontrar mi rastro porque estaba demasiado lejos de mí. Había viento, había inundaciones y había olores desconocidos. *Rain* se confundió. Dio vueltas sin saber adónde ir y empezó a caminar en la dirección equivocada.

En conclusión, creo que la corriente llevó a *Rain* muy lejos de nuestra casa. Y debido a eso le llevará mucho tiempo encontrar el camino de vuelta hasta mí.

¿Dónde estás, *Rain*?

Siento que el corazón empieza a latir con fuerza.

Dos, tres, cinco, siete, once, trece.

III

La siguiente parte

23

Por qué mi padre se enfada conmigo

Al día siguiente, que es lunes, sale el sol, el cielo es azul y a las 8.00 de la mañana la temperatura, templada y prima, es de 17 grados centígrados. Si me pongo en el porche, de espaldas al patio, no se me ocurriría pensar que apenas 60 horas antes hubo una supertormenta. Pero cuando doy media vuelta veo los árboles caídos y la hierba aún empapada y el torrente que baja por la calle del Haya y que no hay puente al final del camino de entrada y entonces recuerdo que mi padre y yo seguimos aislados.

Y también que *Rain* sigue perdida.

Y también que aún no hay electricidad ni teléfono. La nevera ya no enfría nada y anoche mi padre tiró todo lo que quedaba dentro y todo lo que había en el congelador. No nos queda hielo y apenas tenemos unos cuantos cubos de agua para echar en el váter.

—¿Qué haremos cuando ya no podamos descargar el váter? —pregunto.

Mi padre está sentado a la mesa de la cocina desayunando. El desayuno se compone de un poco de atún, que se lleva a la boca directamente de la lata, una manzana y una botella de ginger ale. No le importa que la bebida no esté fría.

—Lo haremos en el bosque —me responde.

Examino su cara en busca de señales de que está de broma, algo como una sonrisa. No me parece que lo que ha dicho sea divertido, así que replico:

—¿Cómo vamos a hacerlo en el bosque?

—¿Qué clase de pregunta es esa? Te pones detrás de un árbol y haces pis. Eso es todo.

—Yo no quiero hacer pis en el bosque —digo—. Hacer pis en el bosque no me parece higiénico.

—*Unr*.

—¿Qué otras opciones hay?

—¿Qué quieres decir?

—¿Qué más podemos hacer aparte de hacer pis detrás de un árbol?

—No lo sé. Hacer pis en un cubo.

Eso suena un poco mejor.

—¿Puedo poner el cubo en el lavabo?

Mi padre se encoge de hombros.

—Eso lo dejo a tu aire.

—¿Qué?

Ahora mi padre suspira, lo que probablemente es una señal de fastidio.

—«A tu aire» significa que hagas lo que quieras, ¿de acuerdo? Si te hace feliz mear en un cubo en el lavabo, entonces puedes mear en un cubo en el lavabo.

Pero luego tendrás que vaciar el cubo fuera. Yo no voy a hacerlo por ti.

Me sirvo cereal en un cuenco, me siento enfrente de mi padre y como el cereal seco.

—¿Qué vamos a hacer hoy? —quiero saber.

—Seguiré serrando los árboles.

—Me gustaría que pudiéramos visitar al tío Weldon.

Mi padre señala hacia la ventana.

—¿Ha aparecido un puente por arte de magia al final del camino de entrada?

Me vuelvo y miró afuera.

—No —digo.

—Entonces no podemos visitar a Weldon. Y punto. Fin de la conversación.

Después de desayunar mi padre vuelve a llenar el tanque de gasolina de la motosierra y se pone otra vez manos a la obra cortando los troncos de los árboles caídos. No se me permite estar a menos de tres metros de la motosierra, y me alegro, porque hace mucho ruido. Mi trabajo consiste en poner los troncos más pequeños en la pila de la leña. Cuando no soporto más el ruido me tomo («tomo», del verbo «tomar», y «tomo», de parte de una obra impresa) un descanso, me pongo las manos sobre las orejas y camino por el patio. Me detengo junto a la carretera y miro el agua, que ya no baja tan rápido. Me pregunto hasta dónde se habrá llevado el agua a *Rain* el sábado. Me pregunto hasta dónde estuvo caminando en la dirección equivocada cuando salió del agua.

Espero hasta que oigo que la motosierra se detiene un instante y entonces le digo a mi padre:

—¿Por qué no me despertaste cuando dejaste salir a *Rain* durante la tormenta?

—¡Por todos los santos, Rose! ¿No hemos pasado ya por todo eso?

—Pero ¿por qué no lo hiciste?

—Voy a responder a esa pregunta una vez más y después no quiero volver a oír nada sobre el tema. No te desperté porque *Rain* había estado sola afuera montones de veces y siempre había regresado. No pensé que fuera necesario. Además, la tormenta casi había acabado.

—¿Por qué no le pusiste el collar antes de dejarla salir?

—¡Rose! ¡Basta!

—Pero es una nueva pregunta. Es la primera vez que te pregunto por el collar.

Mi padre tira de la cuerda de la motosierra. No pasa nada.

—No lleva puesto el collar, así que no tiene identificación —le digo.

—Ya lo sé.

Mi padre da media vuelta alejándose de mí mientras niega con la cabeza. Apoya el pie en el suelo con fuerza y luego tira de la cuerda. La motosierra lanza un rugido casi tan fuerte como el de un avión y yo me tapo las orejas. Con las manos todavía sobre las orejas camino en círculo alrededor de mi padre, manteniéndome siempre a tres metros de distancia, hasta que me pongo delante de él.

—¿Por qué no le pusiste el collar? —grito.

La cara de mi padre se endurece. Apaga la motosierra y la deja caer al suelo («suelo», superficie, y «suelo», de «soler»). Camina hacia mí muy despacio y algo dentro de mí me dice que corra. De modo que eso es lo que hago. Corro hasta la casa y cierro («cierro», de «cerrar», y «sierro», de «serrar») de un portazo. Cuando miro por la ventana mi padre está caminando hacia la motosierra, que descansa apagada sobre la hierba («hierba», planta pequeña, y «hierva», de «hervir»). Espero hasta que la oigo rugir de nuevo, voy a mi habitación y me echo en la cama.

A veces, cuando estoy enfadada, *Rain* viene a buscarme y se echa a mi lado. Apoya la cabeza en mi hombro y me mira a los ojos y yo siento su aliento en la mejilla.

Pero *Rain* no está aquí porque mi padre no le puso el collar cuando la dejó salir fuera durante la supertormenta.

24

Yo telefoneo al tío Weldon

Algo bueno pasa al día siguiente. Por la mañana, muy temprano, entro a la cocina y lo primero que noto es que la nevera está zumbando. Lo segundo que noto es que la cocina está caliente. Lo tercero que noto es que la pequeña lámpara de la mesa del salón que mi padre a veces deja encendida por la noche está iluminada.

La electricidad ha vuelto. Al final no han tenido que pasar semanas.

Levanto el teléfono y oigo el tono de marcar.

También ha vuelto el teléfono.

Pienso en ir a llamar a la puerta de mi padre para contarle la buena noticia, pero entonces miro el reloj de Atlantic City y veo que son solo las 6.20, demasiado temprano para despertarlo.

En cambio no es demasiado temprano para llamar a mi tío.

Cuando responde, se le oye dormido, pero no enfadado.

—¡Tío Weldon! —grito—. ¡Soy yo, Rose! Todo funciona de nuevo.

—¡Rose! —El tío Weldon parece tan emocionado como yo—. ¿Estás bien?

—Sí —digo, pues no estoy herida.

—He intentado ir hasta vuestra casa varias veces, pero hay demasiados árboles caídos. No conseguí atravesar la ciudad. Ni siquiera anoche.

—El agua se llevó nuestro puente —digo—, así que no podemos salir del patio. ¿Tío Weldon?

—¿Sí?

—*Rain* se ha ido.

—¿Qué?

—*Rain* se ha ido. —Le cuento que mi padre la dejó salir fuera el sábado por la mañana durante la supertormenta, sin su collar.

—Oh, Rose —se lamenta mi tío—. Eso es terrible.

—No sé qué hacer. No podemos buscarla porque aquí estamos aislados. Y no hemos podido llamar a la policía porque no teníamos teléfono.

—¿A la policía?

—Para que la busquen —digo.

Se produce un breve silencio al otro lado de la línea, y por fin mi tío dice:

—La policía tiene muchísimo trabajo en este momento. Hay que despejar las calles y todavía hay personas encerradas en sus casas, rodeadas por completo de agua. Tendremos que buscar a *Rain* nosotros mismos —dice. Luego hace una pausa—: ¿De verdad estás bien?

—Estamos un poco cansados de comer mantequilla de cacahuete y atún —digo—. Y yo tengo que hacer pis en un cubo porque se nos acabó el agua. Y también se rompieron algunos árboles, pero ninguno de ellos cayó sobre la casa.

—¿Cómo lo estás llevando sin *Rain*?

No estoy segura de cómo responder a eso.

—¿Rose?

—Bueno, sin *Rain* no tengo que prepararle sus comidas, y tampoco he de sacarla a pasear.

—Pero ¿cómo te sientes?

—Siento que me gustaría encontrarla.

—Parece que te sientes un poquito sola —dice mi tío.

Por fin entiendo.

—Sí. Y preocupada. Y triste. Tío Weldon, ¿cómo se busca a un perro perdido?

—Supongo que deberíamos empezar por poner un anuncio en el periódico. También podemos poner carteles de perro perdido. Pero para hacerlo quizá tengamos que esperar aún unos cuantos días, aunque es buena señal que haya vuelto la electricidad.

Ya que la electricidad ha vuelto, mi padre y yo vemos la televisión por la mañana. Ponemos las noticias. Nos enteramos de que se espera tener despejada la mayoría de las calles de Hatford antes de que termine el día. Nos enteramos de que es posible que la escuela vuelva a abrir el próximo lunes.

—Ahora que Weldon puede llevarnos a la ciudad —dice mi padre—, tal vez podamos comprar algunos materiales y empezar a construir un puente provisional sobre el arroyo.

—Y a lo mejor él también podrá ir al supermercado —añado.

—Sí, es posible. Nuestro supermercado está cubierto por casi dos metros de fango. Y la ferretería también. Tendrá que ir hasta Newmark para hacer la compra.

Esa noche cenamos delante de la tele. En las noticias siguen hablando de las consecuencias de la tormenta. En una noticia sobre la distribución de ayuda oigo que el presentador dice:

—El portavoz de la organización vecinal declaró que su intención no era injerirse en los asuntos internos del cuerpo de bomberos.

Injerir.

Me vuelvo hacia mi padre.

—¿Injerir? —digo. Estoy muy emocionada—. ¿Cómo se escribe «injerir»?

—¿Cómo voy a saberlo?

Busco la palabra en el diccionario. Me lleva un tiempo encontrarla. Se escribe «injerir», con *j*, y se pronuncia exactamente igual que «ingerir», con *g*. Luego corro a mi habitación y busco la sección *I* en la lista de homónimos. Añado: «ingerir» e «injerir».

De repente me siento más optimista respecto a *Rain*. Abro el cuaderno de la escuela y en la parte alta de una página en blanco escribo: «Cómo buscar a un perro perdido.»

25

Cómo buscar a un perro perdido

Toc, toc, toc, toc.

A la mañana siguiente me despierta el ruido de alguien que llama a la puerta de la casa. Ahora que volvemos a tener electricidad no tengo que ir a la cocina y mirar el reloj de Atlantic City para saber qué hora es. Puedo sentarme en la cama y ver la hora en la radio despertador. Son las 7.41. ¿Quién llama a la puerta a esta hora no prima de la mañana?

¡Quizás es alguien que ha encontrado a *Rain*! Pero entonces recuerdo que no llevaba puesto el collar por culpa de mi padre: ¿cómo podría alguien saber dónde vive?

Hay otra respuesta lógica a la pregunta y es que nuestro visitante sea el tío Weldon.

Voy corriendo al salón y me asomo al porche.

El tío Weldon está ahí, de pie, con una bolsa de la compra que seguramente está llena de comida.

Abro la puerta de par en par.

—¡Rose! —grita el tío Weldon, que deja la bolsa en el suelo («suelo») y me estrecha entre sus brazos. El abrazo («abrazo») no me incomoda tanto como pensaba que podría incomodarme. Y en cualquier caso («caso», «caso», «cazo», «cazo») no se me hubiera ocurrido rehusarlo.

—Hola, tío Weldon —digo cuando vuelve a dejarme en el suelo—. ¿Cómo has llegado hasta aquí?

—He tenido que aparcar al final de la carretera, cruzar el arroyo donde es más estrecho y subir la colina hasta la casa.

—Gracias por venir. Tengo un plan.

—¿Tú? ¿Qué clase de plan?

—Un plan para encontrar a *Rain*. Me pondré manos a la obra de inmediato.

—¿No quieres ver qué os he traído?

—Sí.

Echo un vistazo a la bolsa: fruta, leche, mantequilla, lechuga, zanahorias.

—¿Fuiste al supermercado de Newmark? —le pregunto. Luego recuerdo que debo darle las gracias de nuevo—. Gracias.

—De nada —dice el tío Weldon, sonriendo—. Sí, fui a Newmark. Ayer. Me tomó un tiempo. No creerías cuántas casas han quedado destruidas. Destruidas por completo.

Tengo la mente ocupada básicamente en los planes para encontrar a *Rain*, pero se me ocurre algo.

—¿Dónde está la gente?

—¿La gente que perdió su casa?

—Sí. ¿Han muerto?

—Gracias a Dios no —dice el tío Weldon—. Están

viviendo en albergues temporales. La Escuela Secundaria Hatford es uno de ellos. Es posible que tú vuelvas al cole el lunes, pero los chicos de secundaria tardarán aún un tiempo en volver a clase.

—Me alegro de que la gente no haya muerto —digo—. ¿Quieres que despierte a mi padre?

El tío Weldon niega con la cabeza.

—Dejemos que duerma. Venga: saquemos la comida y desayunemos. Volveré a la camioneta después, cuando tu padre pueda ayudarme a descargar los materiales de construcción. Tenemos que empezar a trabajar en el puente provisional hoy mismo.

El tío Weldon y yo desayunamos juntos en la mesa de la cocina. Cuando terminamos cruzamos los dedos y nos tocamos el corazón con ellos. Luego voy a mi habitación y extiendo un mapa en la cama. Es el mapa de Nueva Inglaterra que teníamos en el garaje. Me siento contenta porque estaba doblado correctamente y todos los pliegues iban en la dirección apropiada. Luego abro una guía telefónica. Es la guía telefónica de nuestro condado. Anoche busqué en las páginas amarillas y encontré la sección en la que aparecen los albergues de animales. Había más de los que esperaba.

Tengo todo lo que necesito: el mapa, la guía telefónica, el teléfono, una libreta pequeña y un boli.

Ha llegado la hora de iniciar mi plan.

CÓMO BUSCAR A UN PERRO PERDIDO, POR ROSE HOWARD

1. En un mapa, rodee con un círculo su ciudad.
2. Rodee con círculos las ciudades en las que hay

albergues para perros. (Consulte la guía telefónica.)

3. Al lado de cada ciudad, escriba el nombre de los albergues que haya en ella.
4. Busque un compás, ponga la punta en su ciudad y trace un círculo alrededor de ella. Ese círculo debe incluir unos veinticinco kilómetros alrededor de la ciudad
5. Trace un círculo más grande, a unos cincuenta kilómetros de su ciudad.
6. Trace un círculo todavía más grande, a unos setenta y cinco kilómetros de su ciudad.
7. Trace un círculo más grande, a unos cien kilómetros de su ciudad.
8. Haga una lista de los albergues de cada círculo, una lista por círculo.
9. Llame a los albergues, empezando por los de la lista de albergues más cercanos a su ciudad.
10. Siga llamando hasta que encuentre a su perro.

Llevo el mapa y las listas a la cocina. Mi padre ya ha despertado. Está acabando de desayunar y hablando con el tío Weldon. Les enseño el mapa.

—¿Qué es eso? —pregunta mi padre.

—Es mi plan para encontrar a *Rain* —digo enseñándoles los círculos y las listas a él y al tío Weldon—. Empezaré por llamar a los albergues del círculo más pequeño y luego llamaré a los de los círculos siguientes. Así encontraré a *Rain*.

—Qué organizada —dice el tío Weldon—. Un plan muy inteligente.

—Aparte de que te mantendrá ocupada —murmura mi padre.

Existe la posibilidad de que mi padre quiera que esté ocupada para que no le pregunte más por qué dejó salir a *Rain* fuera sin su collar.

—Tengo un nuevo homónimo —anuncio—: «Ingerir», tragar, e «injerir», meter, introducir.

Luego me llevo el mapa y las listas a mi habitación y cierro la puerta.

26

Alguien me llama señora

El primer albergue de mi lista se llama Animales Bellos. Dudo de que todos los animales del albergue Animales Bellos sean bellos, pero eso no es importante ahora. Animales Bellos queda a solo once kilómetros de distancia, en las afueras de Effingham, un pueblo cercano, por eso es el primero de la lista, pero además el nombre me ha parecido una buena señal porque es homónimo: «bellos» y «vellos». Marco el número.

—Hola —dice una voz.

—Hola —digo yo—. Soy...

Pero la voz continúa hablando. Suena como un robot.

—Debido a las inundaciones Animales Bellos ha suspendido sus servicios. Los animales a los que damos albergue han sido alojados temporalmente en el hotel Holiday Inn de Bellville. Por favor, llame de nuevo en otro momento o visite el Holiday Inn. Le rogamos disculpas por el inconveniente.

La voz deja de hablar.

Miro mi lista. Había previsto tachar cada albergue después de llamar, pero ahora no puedo tachar Animales Bellos porque en realidad no he hablado con nadie de allí. Tendré que volver a llamarlos otro día. Caigo en la cuenta de que necesitaré un código para hacer el seguimiento de las llamadas. Pienso durante un momento. Después escribo la fecha del día junto a Animales Bellos y al lado: VAL. VAL significa Volver A Llamar.

Marco el número del segundo albergue de la lista, Rescátame.

—Hola —dice una voz, y yo espero a oír el resto del mensaje—. ¿Hola? —dice de nuevo la voz.

Deduzco que la voz tiene que pertenecer a una persona real.

(«Real», que tiene existencia verdadera; «real», relativo a la realeza.)

—Hola —digo—. Soy Rose Howard y estoy buscando a mi perra. Se perdió durante la tormenta.

—Hola, Rose. —La voz parece amable. Creo que es una mujer—. Siento lo de tu perra. ¿Cómo es?

Le describo a *Rain* y añado que mi padre la dejó salir fuera durante la supertormenta sin su collar.

—Vaya —dice la mujer—. Lo siento, no tenemos ningún perro que encaje con la descripción de *Rain*. Pero todos los días recibimos perros y gatos que han quedado separados de sus propietarios. Voy a tomar tus datos para que podamos llamarte si alguien trae a una perrita rubia con dedos blancos.

—Siete dedos blancos —le recuerdo.

—Sí, siete dedos blancos. Ese es un buen rasgo para distinguirla.

Le doy a la mujer mi nombre y número de teléfono y le digo que volveré a llamar en unos cuantos días. Miro la lista de nuevo. Junto a Rescátame escribo: CNEUCD. Eso significa Consultar Nuevamente En Unos Cuantos Días.

Llamo a Amigos Peludos, el tercer albergue de la lista. Me responde un hombre y yo le cuento que estoy buscando a *Rain*.

—Bueno, señora —dice—, nosotros somos un albergue muy pequeño, solo nos han traído dos perros después de la tormenta: un caniche y un yorkshire terrier. Lo siento.

Le doy al hombre mi nombre y número de teléfono, cuelgo y escribo: CNEUCD. Todavía me quedan siete albergues por llamar antes de pasar a la segunda lista. Cuando he llamado a los siete miro la columna que he hecho en el lado izquierdo de la hoja de papel. Dice: VAL, CNEUCD, CNEUCD, CNEUCD, VAL, NCLL (lo que significa Nadie Contestó La Llamada), VAL, CNEUCD, POQSNAHCN (Persona Odiosa Que Se Niega A Hablar Con Niños), VAL.

Hasta el momento no hay señales de *Rain*.

Paso el resto de la mañana llamando a los demás albergues. Mi padre y el tío Weldon trabajan en el puente provisional. A la hora de comer nos sentamos en la cocina y, ahora que la nevera funciona y vuelve a estar llena, comemos alimentos fríos, frescos y sabrosos. Luego yo regreso a mis listas mientras mi padre y mi tío vuelven a trabajar en el puente.

Hacia el final de la tarde he llamado a todos los albergues de las listas e incluso he telefoneado a varios de ellos por segunda vez. (Decidí pedirle al tío Weldon que llamara al de la persona odiosa.) Nadie ha visto a *Rain*, pero es posible que siga extraviada ahí afuera. Tengo que hacer muchas llamadas antes de que empiecen otra vez las clases.

El tío Weldon se queda a cenar.

—¿Qué dices del anuncio? —pregunto cuando mi padre ha terminado de servir los perritos calientes.

—¿Qué anuncio? —pregunta él.

El tío Weldon carraspea.

—Le dije a Rose que pondría un anuncio en el periódico para buscar a *Rain*.

—*Unr*.

—¿No la echas de menos? —le pregunto a mi padre.

—¿A *Rain*? Claro que la echo de menos.

—Entonces por qué la dejaste... —empiezo a decir.

Mi padre levanta la cabeza de golpe. Lo hace tan rápido que yo doy un salto hacia atrás en la silla.

El tío Weldon frunce el entrecejo.

—¿Qué pasa? —pregunta.

—Si vuelve a preguntarme eso otra vez —dice mi padre—, juro que voy a... —Se detiene repentinamente. Ahora mira a su hermano, y yo también. Veo algo en los ojos del tío Weldon que nunca le había visto antes.

—Para —le dice el tío Weldon a mi padre en voz baja—. Para.

Me bajo de la silla y empiezo a dar vueltas alrededor de la mesa.

—¡Dos, tres, cinco, siete! —grito.

—Cálmate, Rose. Cálmate —dice el tío Weldon palmeando la silla en la que yo estaba sentada—. Vuelve a sentarte y termina de cenar.

—«Cálmate, Rose. Cálmate. Vuelve a sentarte y termina de cenar» —repito—. Tío Weldon, esa frase tiene al menos dos palabras con homónimos además de mi nombre. ¿Sabes cuáles?

Mi padre sigue con su perrito caliente suspendido en el aire y nos mira con furia al tío Weldon y a mí.

—¿«De», la preposición y «dé» del verbo «dar»?

—Sí. Y «a»: «a», preposición, «ah», exclamación, y «ha», del verbo «haber».

—Así es, Rose, muy bien —dice el tío Weldon—. ¿Y sabes qué?: hoy se me ha ocurrido un nuevo par de homónimos para tu lista. ¿Qué tal este: «grabar», hacer grabados, y «gravar», imponer gravámenes?

Entonces dejo de prestar atención a mi padre.

—¡Es perfecto! —exclamo—. Cumple con todos los requisitos. —Pienso durante un momento y luego agrego—: Con ese par es posible encontrar otras más: «graba» y «grava», piedrecillas; «grabe» y «grave», muy enfermo.

—Estupendo, Rose. Eres una chica muy lista. —El tío Weldon me sonríe—. Después de cenar podemos trabajar en tu lista.

—De acuerdo —digo.

Y con cautela miro a mi padre de reojo. Me siento como debía de sentirse *Rain* cuando intentaba averiguar de qué humor estaba.

—¿Sabíais —digo mientras los tres acabamos de cenar— que si sumamos los números de nuestros nombres y al resultado le restamos el número del nombre de *Rain* el resultado final es ciento setenta y siete, que *no* es un número primo?

El tío Weldon frunce la nariz mientras piensa en ello.

—¿Y eso es bueno o malo? —pregunta finalmente.

Antes de que yo pueda responder mi padre dice:

—¿A quién demonios le importa?

27

Mi historia es muy triste

El lunes, diez días después del paso del huracán *Susan*, la escuela vuelve a abrir. En el intervalo Halloween vino y se fue, pero no creo que nadie se diera cuenta. El tío Weldon llega a mi casa a la hora habitual. Como siempre, estoy esperándolo en el porche delantero. La única diferencia es que ahora estoy sola. Y eso se debe a que mi padre dejó salir a *Rain* fuera sin su collar durante la supertormenta.

El aire es frío y la mañana, soleada. En cuanto veo la camioneta de mi tío atravieso el patio corriendo hasta llegar al puente provisional. Luego camino con mucho cuidado sobre los tablones. Aunque ya no hay tanta agua, no quiero caerme al arroyo. Aparcado en la calle delante de nuestra casa hay un viejo coche amarillo que Sam Diamond le prestó a mi padre. Tiene que dejarlo en la calle porque el puente provisional de tablones no aguantaría su peso. Pero al menos ya no estamos aislados en nuestra propiedad.

Subo a la camioneta del tío Weldon, cierro la puerta y anuncio:

—«Rebelar», sublevarse, y «revelar», descubrir.

El tío Weldon me sonríe.

—Excelente. ¿Te quedaba espacio en la lista para esos?

—Sí —digo—. Había espacio.

—¿Has tenido alguna noticia de los albergues?

Niego con la cabeza.

—No. Nada.

—¿Estás nerviosa por volver al cole?

Pienso un momento.

—Sí. Estoy nerviosa —digo.

Mi padre me llevó hasta la escuela ayer para que pudiera verla y el edificio parecía estar bien, pero de todas formas todavía estoy nerviosa.

—¿Qué te hace sentirte nerviosa?

Niego con la cabeza.

—No lo sé.

La señora Leibler me acompaña al aula de la señora Kushel y veo mi mesa. Tiene exactamente el mismo aspecto que antes del huracán *Susan*. Y lo mismo el resto del aula. La señora Leibler se sienta en su silla. Yo me siento en la mía. Empiezo a sentirme más calmada.

Suena la campana y la señora Kushel se pone de pie delante de la clase y nos mira sonriendo.

—Hola a todos —dice—. Me alegro de veros aquí. Y me alegro de estar aquí con vosotros. Esta semana pasada ha sido bastante horrible. Pero ha llegado la hora de volver al trabajo. Pero antes de eso, a lo mejor alguno de vosotros quiere compartir sus experiencias durante la tormenta.

No puedo contenerme. Me pongo de pie de un salto y digo:

—¡No podemos empezar todavía, señora Kushel! Anders y Lenora no han llegado.

La señora Leibler me hace volver a tomar asiento y me lanza una mirada que en buena medida es una mirada de advertencia.

—A eso iba, Rose —dice la señora Kushel—. Lamento tener que deciros que Anders y Lenora ya no volverán a esta clase. Sus familias han tenido que mudarse.

Flo levanta la mano y dice:

—¿Sus casas fueron arrasadas?

—¿Están bien? —pregunta Parvani. La voz le tiembla un poco—. Quiero decir: ¿Anders y Lenora están bien?

—Sí, están bien —responde la señora Kushel—. Os lo aseguro. Pero sus familias han tenido que marcharse para vivir con unos parientes.

—¿Podremos escribirles? —pregunta Parvani.

—Me parece muy buena idea —dice la señora Kushel—. Esta tarde les escribiremos cartas a Anders y Lenora. Muy bien, ¿a quién le gustaría hablar acerca de su experiencia?

Uno por uno mis compañeros de clase hablan acerca de lo ocurrido durante la última semana y media.

—Mi hermana se rompió un brazo —dice Morgan—. Se cayó por las escaleras cuando se fue la luz.

—Yo quería salir a pedir caramelos —dice Martin—, pero mis padres dijeron que se había cancelado la noche de Halloween.

—Tuvimos que vivir en la planta alta de la casa hasta que consiguieron limpiar todo el barro que había en la planta baja —dice Flo—. Ahora nuestra casa apesta.

La señora Kushel se vuelve hacia mí:

—Rose, ¿te gustaría contarnos algo? ¿Cómo te afectó el huracán *Susan*?

—Dos árboles del patio se cayeron: un abedul y un olmo. Un roble se abrió por la mitad y el olmo se rompió. El arroyo se llevó el puente. Y mi padre dejó salir a *Rain* durante la tormenta sin su collar y ella no regresó.

Parvani se queda sin aliento. Estira el cuello para mirarme y dice en voz baja:

—¿*Rain* se ha perdido?

—Sí —respondo.

—¿Lleva perdida desde la tormenta? —pregunta Josh.

Veo que la señora Kushel y la señora Leibler se miran. La señora Kushel levanta una ceja y la señora Leibler se encoge de hombros. Es una especie de conversación.

—¡Qué historia tan triste! —exclama Morgan.

—Sí, sí lo es —digo. Y luego añado—: He ideado un plan de búsqueda.

Les cuento a mis compañeros lo del mapa y los círculos y las listas.

—Además —añado—, mi tío ha puesto un anuncio en el periódico.

—Me gustó cuando *Rain* vino a la escuela —dice Josh.

—Es la mejor perra del mundo —añade Flo.

—Rose, espero que encuentres a *Rain* —dice Parvani con la voz rota.

Me mira durante tanto tiempo que tengo que apartar los ojos.

La señora Kushel le pone una mano en el hombro a Parvani.

—¿Qué te gustaría compartir con nosotros? —le pregunta con suavidad.

Parvani empieza a llorar.

—Mi madre es pintora —nos cuenta—. Guardaba sus cuadros en un almacén; el almacén se inundó y ella perdió todas sus obras. Todos los cuadros que pintó durante quince años.

Miro a Parvani. No sabía que su madre fuera artista. Eso es muy triste.

Las lágrimas dejan caminos húmedos en las mejillas de Parvani. Hay un gran silencio en el aula.

—¿Parvani? —dice la señora Kushel, y se arrodilla a su lado.

Parvani llora.

—¿Necesitas salir al pasillo? —le pregunto.

—Rose... —empieza a decir la señora Leibler.

Pero Parvani se pone de pie.

—Sí —dice.

Jadeando y sollozando y limpiándose la cara con la manga, Parvani avanza hasta la puerta de la clase por entre las mesas.

—Yo la acompaño —le digo a la señora Leibler, y sigo a Parvani al pasillo.

Parvani apoya la frente en la pared.

Me doy cuenta de que debo decir algo que la consuele.

—Parvani, esta mañana se me ocurrió un nuevo par de homónimos. «Rebelar», sublevarse, y «revelar», descubrir. Es bueno, ¿a que sí?

Parvani se sorbe los mocos y asiente con la cabeza.

—Gracias, Rose.

28

En la camioneta del tío Weldon

El sábado de la semana en que la escuela vuelve a abrir, muy temprano, el tío Weldon estaciona su camioneta en la calle frente a nuestra casa, cruza caminando el puente de tablones y llama a la puerta.

—El tío Weldon está aquí —le digo a mi padre—. ¿Puedo ir?

Mi tío y yo hemos decidido dedicar el día a buscar a *Rain*. Lleva perdida dos semanas, lo que hace un total de catorce días, un número que no es primo.

—Que entre —dice mi padre—. Necesito hablar con él.

Abro la puerta y mi tío y yo nos sonreímos.

—¿Lista? —me pregunta el tío Weldon.

—Lista.

—Un momento —dice mi padre, que está de pie junto a la pila, bebiendo zumo de naranja directamente del envase—. Tiene que estar de vuelta a las cinco

—dice señalándome con el pulgar—. Y no la malcríes con chuches y helados.

—He preparado bocadillos de mortadela —replica mi tío—. Los tengo en la camioneta. Eso es lo que vamos a comer mientras Rose pasa todo el día buscando a su perra perdida.

Mi padre mira a su hermano entornando los ojos.

—¿Estás siendo sarcástico?

—Solo estoy diciendo lo que vamos a hacer.

—*Unr*. Muy bien. —Mi padre hace una pausa—. Bueno, siento no poder acompañaros, pero tengo que empezar a trabajar en el puente definitivo hoy mismo.

Le digo adiós y el tío Weldon y yo nos apresuramos a llegar a la camioneta.

—¿Llevas todo lo que necesitas? —me pregunta cuando he tomado asiento.

—Sí.

Llevo una carpeta y dentro van las listas y el mapa. Hoy vamos a visitar los albergues más cercanos a Hatford, los que se encuentran dentro del círculo más pequeño. Ya he llamado a los centros y me han dicho que no les han llevado ninguna perrita rubia con siete dedos blancos, pero quiero verlo por mí misma. Además, en cualquier momento podría llegarles un perro nuevo.

El tío Weldon estudia la lista. Piensa un momento y luego arranca la camioneta y dice:

—Empezaremos por Rescátame y después podemos intentarlo en Amigos Peludos.

El tío Weldon se ríe y empieza a conducir.

Me gusta la risa del tío Weldon. «Risa» y «riza», del verbo «rizar».

Pasamos el día entero en la camioneta o en los albergues. Cada vez que llegamos a un albergue entramos, nos acercamos al mostrador de recepción y entonces yo digo:

—Hola. Me llamo Rose Howard y este es mi tío Weldon Howard. Estamos buscando a mi perra. Se perdió durante la tormenta. He llamado antes, pero quería venir y ver a los perros.

Me he aprendido de memoria este discurso. El tío Weldon me ayudó a escribirlo anoche. No es fácil decirle todo eso a un desconocido, pero vale la pena hacer el esfuerzo si sirve para encontrar a *Rain*.

Algunas de las personas de los albergues recuerdan haber hablado conmigo, pero otras no, incluida la POQSNAHCN. Sé con seguridad que es la misma persona odiosa porque reconozco la voz. Sin embargo, esta vez el hombre es más amable. Quizá porque el tío Weldon está a mi lado.

Después de recitar mi discurso, un empleado del albergue nos lleva al tío Weldon y a mí a mirar las jaulas donde están los perros perdidos o sin hogar. Nos asomamos a todas las jaulas esperando ver a *Rain*.

Por la mañana visitamos cuatro albergues, luego comemos los bocadillos de mortadela en la camioneta y luego visitamos seis albergues más.

No vemos a *Rain*.

Diez albergues. Nada de *Rain* (*Reign*, *Rein*).

—Es hora de volver a casa, Rose —dice el tío Weldon cuando salimos del décimo albergue—. Le prometí a tu padre que estarías de regreso a las cinco.

Estoy sentada en la camioneta con la barbilla apoyada en la mano («mano»), mirando hacia delante, a la señal de ceda («seda») el paso que hay («ay») al final de la calle («calle»). Bajo la cabeza y miro mis botas («votas»). Decido no decir nada («nada»).

—¿Cansada? —me pregunta mi tío.

—Sí.

—Vamos a comprar un helado.

Deslizo la mirada hacia la izquierda.

—Le prometiste a mi padre que no me comprarías helado.

—Eso fue antes de saber cómo sería la jornada. Ha sido un día muy duro. ¿No crees que te mereces un pequeño premio?

—No lo sé.

—¿Puedes guardar el secreto y no contárselo a tu padre?

—Pero eso sería como mentir, ¿no?

—Tal vez. Un poco. Pero a veces es bueno cambiar las decisiones. Esta mañana tu padre y yo decidimos que no habría helado. Pero ahora creo que nos merecemos un helado después de haber visitado diez albergues y no haber encontrado a *Rain*. ¿De acuerdo?

—De acuerdo —digo y, de repente, me enderezo dando un tirón—: ¡Tío Weldon, tío Weldon! La señora que conduce ese coche va hablando por el móvil. ¡Eso va contra la ley!

—Piensa en el helado, Rose. Piensa de qué sabor lo quieres.

Cierro los ojos y pienso.

—Fresa —digo.

Sigo con los ojos cerrados hasta que llegamos a la heladería.

29

Qué no hacer cuando se te ocurre un nuevo homónimo

El lunes hace un día gris y húmedo. Pienso que si *Rain* todavía sigue perdida ahí afuera, debe de tener frío. Es posible que esté tiritando.

La señora Kushel nos entrega hojas de repaso de matemáticas. Un problema de aritmética tras otro: suma, resta, multiplicación y división. Me gustan esas hojas. Son muy ordenadas. Cada hoja contiene tres columnas de diez problemas cada una.

Los problemas son fáciles, eso me ayuda a distraerme. Empiezo a pensar en *Rain* y entonces ya no puedo dejar de pensar en ella. Me pongo tan triste que decido contar todos los números primos de la primera página.

—¡Veintitrés! —anuncio a la señora Leibler. Salvo por mi voz el aula está en completo silencio—. Veintitrés números primos solo en la primera página, y ¿sabe otra cosa? Veintitrés también es un número primo.

—Rose. —La señora Leibler me mira directamente a los ojos y luego dice en voz baja—: ¿Te cuesta concentrarte? Aún no has resuelto ningún problema.

—Sí. Me cuesta concentrarme.

—Entonces haremos una cosa: vamos uno por uno. ¿Qué tienes que hacer aquí? —dice dando golpecitos con la uña al primer problema en la parte alta de la página.

Miro el problema: 247
                      $\underline{\times 3}$

Sé que debo multiplicar el 7 por el 3, pero mi cerebro no ve el 7 o el 3, y tampoco el 21. Veo a *Rain*. A *Rain* perdida bajo la lluvia. Empapada y tiritando de frío y hambrienta.

—¿Rose? —dice de nuevo la señora Leibler.

Ahora me da golpecitos en el brazo con la uña. *Tap, tap, tap*. La uña pintada de rojo toca mi piel.

Aparto el brazo bruscamente.

—¿Rose?

—¡Basta! ¡Basta!

Veo que la señora Kushel y la señora Leibler se miran y luego la señora Leibler dice:

—Es hora de hacer una pausa en el pasillo. —Y me conduce a la puerta.

—«Hora», de tiempo, y «ora», del verbo «orar», son homónimos —anuncio mientras me dejo caer en el suelo.

—Descansa aquí y ordena tus pensamientos —dice la señora Leibler—. Necesitas un rato de tranquilidad.

—«Rato» tiene un homónimo: «rato», el macho de la rata... —Intento controlar mis pensamientos. Cuando noto que he conseguido calmarme un poco, le digo a la señora Leibler—: Ya me he calmado un poco.

—Muy bien. Vamos.

Abre la puerta y regreso a mi mesa.

La señora Kushel se inclina hacia mí.

—¿Estás más calmada, Rose? —dice en un susurro.

—Sí —digo también en un susurro.

La señora Kushel ladea ligeramente la cabeza y dice:

—Sabemos que lo estás pasando mal, pero tienes que confiar. ¡Venga, ánimo!

Abro los ojos como platos.

—¡Oh! ¡Oh! —exclamo—. ¡«Venga», del verbo «venir», y «venga», del verbo «vengar»! ¡Ese es un par de homónimos completamente nuevo! Uno bueno de verdad. Gracias, señora Kushel. Tengo que añadir esas palabras a la lista cuando llegue a casa. Espero tener espacio en la sección *V*.

Como no quiero que se me olviden estos homónimos, arranco una hoja de mi cuaderno y escribo con cuidado:

«venga», del verbo «venir»
«venga», del verbo «vengar»

Oigo una risita disimulada. Veo que Josh Bartel me mira y luego mira a Parvani y entorna los ojos.

Sin embargo, Parvani aparta la mirada y niega con la cabeza. Creo que es su forma de ponerse de mi parte. Debería darle las gracias.

Abro la boca, pero no me sale ninguna palabra, solo un gemido.

De inmediato la señora Leibler me lleva de nuevo al pasillo.

Ojalá *Rain* estuviera esperándome después del cole...

30

Espacio vacío

Después de la escuela, el tío Weldon me deja en casa y regresa a su trabajo.

Estas son las cosas que hago por la tarde mientras espero a que mi padre vuelva a casa, ahora que no está *Rain*:

- mirar el contenido de la caja de mi madre
- empezar a hacer los deberes
- empezar a preparar la cena

Estas son las cosas que ya no puedo hacer por la tarde:

- sentarme en el porche con *Rain*
- dar un paseo con *Rain*
- dar de comer a *Rain*

Las tardes son largas. Parecen estar llenas de espacio vacío, espacio entre mirar las cosas de mi madre y empezar a hacer los deberes, espacio entre terminar de hacer los deberes y empezar a preparar la cena. No sé qué hacer con ese espacio. *Rain* llenaba ese espacio.

¿Cómo se llena el espacio vacío?

31

La llamada buena

El viernes, cuando ya han pasado tres semanas desde que pasó el huracán *Susan*, el tío Weldon me recoge en la escuela, como es habitual. Vamos por la calle del Haya cuando me doy cuenta de que el coche amarillo de Sam Diamond está aparcado allí y entonces veo a mi padre, que camina hacia el puente con unas herramientas.

Me pregunto por qué mi padre está en casa tan temprano. Pensaba que iba a trabajar todo el día en el taller J & R.

El tío Weldon detiene la camioneta junto al puente. Cruzamos los dedos y nos tocamos el corazón y luego bajo de un salto de la cabina y cierro la puerta. Doy media vuelta y casi me tropiezo con mi padre. Tiene los ojos entrecerrados y tiene cara de enfadado. Se inclina y a través de la ventanilla de la camioneta le dice al tío Weldon:

—Ese Jerry me ha despedido. —Pero en lugar del nombre «Jerry» utiliza una palabra que yo no debo decir—. El condenado me despidió —continúa mi padre—. Sin ningún motivo. —Y golpea con las manos el costado de la camioneta.

—Vaya —dice mi tío—. ¿Qué vas a hacer?

—Terminar el puente.

—¿Y después qué?

—Ahora mismo no sé «y después qué», ¿entiendes?

—¿No debarías ser un poco más previsor? Ya no puedes vivir al día. —El tío Weldon parece tener algo más que decir, pero mi padre lo interrumpe.

—Tengo mucho que hacer aquí. El patio todavía está hecho un desastre. Estaré ocupado.

—No me refería a eso.

Le doy la vuelta a la camioneta corriendo hasta la ventanilla del tío Weldon, me pongo de puntillas y le susurro:

—¿Qué hay del dinero?

—Rose, te estoy viendo, lo sabes —dice mi padre desde la otra ventanilla—. Y también te oigo. ¿Crees que no soy capaz de mantenernos a los dos? Pues sí soy capaz. Y ahora adentro.

Cruzo el puente tan rápido como puedo. A mis espaldas oigo que el tío Weldon carraspea y dice:

—A Rose no le falta razón, Wesley. ¿Qué vas a hacer para conseguir dinero? La niña necesita ropa nueva...

Mi padre vuelve a golpear la camioneta con los puños.

—No me vengas con lo que Rose necesita —dice gritando con las manos en lugar de con la voz.

Ese es el final de la conversación. No oigo nada más salvo el ruido de la camioneta al arrancar mientras llego disparada al porche, paso frente al sofá vacío y me apresuro a entrar en casa.

Me llevo el teléfono a mi habitación y dejo caer la mochila de la escuela al suelo. Luego saco las listas de los albergues. He llamado a cada uno de los albergues que aparecen en las listas, a todos, pero solo he llamado una vez a los más apartados, los que están en el círculo más ancho del mapa. Ha llegado la hora de volver a llamarlos. Solo por si acaso. Solo por si acaso la corriente arrastró a *Rain* muy lejos. O por si acaso su nariz no funcionaba bien y caminó en la dirección equivocada.

Llamo al Centro de Salvamento Animal de Boonton. Aún sin noticias de *Rain*.

Llamo al albergue Buen Puerto. Aún sin noticias de *Rain*.

Llamo a la Red de Adopciones Animales de Olivebridge. Aún sin noticias de *Rain*.

Llamo al albergue de Animales Colitas Felices. Una voz contesta la llamada y cuando veo que es la voz de una persona de verdad y no una voz grabada, digo:

—Hola. Soy Rose otra vez. Llamé la semana pasada. Sigo buscando a mi perra, *Rain*. Se perdió durante la tormenta. Tiene el pelo amarillo y siete dedos blancos. ¿La ha llevado alguien?

La persona al otro extremo de la línea, que es un hombre, dice:

—¿De qué tamaño es? ¿Sabes cuánto pesa?

—Pesa diez kilos y medio. Casi once —respondo. Me recuerdo a mí misma que no debo añadir que 11 es un número primo. Eso no es apropiado para esta conversación.

—¿Y tiene los dedos blancos?

—No todos son blancos —digo—. Solo siete. Dos en la pata delantera derecha, uno en la pata delantera izquierda, tres en la pata trasera derecha y uno en la pata trasera izquierda.

—Espera un momento. —Oigo al hombre hablar con alguien. Le repite la información acerca de los dedos de *Rain*. Luego me dice a mí—: Espera un poco más. Solo serán unos segundos, ¿de acuerdo?

Se produce una larga pausa. A través del teléfono oigo a unas personas hablando a lo lejos. Miro por la ventana. Pienso en homónimos. «Hablando» y «ablando», del verbo «ablandar». «Blando», suave, y «blando», del verbo «blandir».

Finalmente, vuelvo a oír una voz en la oreja.

—Tenemos una perra así —dice el hombre. Parece emocionado—. La trajeron hace unos días. Una perrita rubia con siete dedos blancos, justo como la que describes. Hemos estado intentando...

Las manos empiezan a temblarme. Dejo caer el teléfono y este rueda por el suelo. No puedo pensar. Me pongo las manos sobre las orejas y salto arriba y abajo en la cama. Luego bajo de la cama y recojo el teléfono.

—¿Hola? ¿Hola? —oigo decir al hombre.

Cuelgo el teléfono. Y luego vuelvo a descolgarlo. Marco el número del tío Weldon antes de recordar que justo ahora debe de estar de camino a su despacho. Cuelgo el teléfono. Saco el mapa y trazo un gran círculo rojo alrededor de Elmara, Nueva York, que es donde está el albergue Colitas Felices. Me siento sobre las manos e intento recordar todas las cosas que hay en la caja de mi madre. Por último vuelvo a llamar a mi tío.

Responde al primer timbre.

—¿Va todo bien? —pregunta.

—¡*Rain* podría estar en Elmara! —grito—. Hay una perra con siete dedos blancos en el albergue. La llevaron hace unos días. ¿Podemos ir a Elmara, por favor? Por favor.

—Te recojo mañana por la mañana a las nueve en punto —dice mi tío.

32

El albergue de Animales Colitas Felices de Elmara, Nueva York

A las 8.45 de la mañana del día siguiente estoy sentada en el porche solo por si acaso el tío Weldon llega temprano. Llega a las 8.55 y yo me levanto del sofá de un salto. Le grito adiós a mi padre, cruzo a toda prisa el patio y sigo corriendo hasta llegar a la camioneta.

Mientras vamos a Elmara el tío Weldon y yo estamos de buen humor. Hablamos de homónimos y de números primos y le cuento lo que le ocurrió a la madre de Parvani.

—Parvani llora mucho en la escuela —añado—. Creo que se siente muy triste. Yo la animo con homónimos.

Cuanto más nos acercamos a Elmara, más hablo.

—¡Tío Weldon! ¡Tío Weldon! ¡Un cartel del albergue de Animales Colitas Felices! «Colita» es el diminutivo de «cola» y «cola» tiene dos homónimos:

«cola», el pegamento, y «cola», la bebida. Esa es una buena señal, ¿verdad? ¿No te parece? ¡Tiene que ser una buena señal! Yo creo que lo es. Estoy segura de que *Rain* es la perra rubia de diez kilos y medio, casi once, con siete dedos blancos que les llevaron hace unos días. Once y siete son números primos.

—Rose —me interrumpe mi tío—. No te hagas muchas ilusiones. Solo por si acaso.

—¿Solo por si acaso qué?

—Por si acaso al final resulta que la perra rubia con siete dedos blancos no es *Rain*. ¿De acuerdo?

—De acuerdo —respondo. Pero sigo saltando en el asiento: me siento feliz.

El tío Weldon pone el intermitente, giramos a la izquierda y seguimos por un camino de tierra. Veo un cartel que dice COLITAS FELICES — TODO REC-TO. Al poco rato la carretera termina en un aparcamiento junto a un edificio de una sola planta. Ahora veo un cartel más grande que dice COLITAS FELI-CES. Debajo de las palabras hay una imagen de un perro y un gato enroscados los dos juntos, con las colas entrelazadas.

—¿Dónde aparcamos? ¿Dónde? —grito.

—Rose, cálmate —me dice mi tío—. Aquí hay un sitio. Y allí veo un cartel que dice OFICINAS. Venga, vamos.

Corro por delante de mi tío cruzando el aparcamiento y recorro el camino que lleva al cartel de OFI-CINAS. Abro la puerta con fuerza. Dentro veo una sala de espera con un mostrador y un montón de sillas de plástico duro. Algunas sillas están ocupadas. La mayoría están vacías. No presto atención a la gente que está sentada en las sillas. Lo único que me interesa es el hombre que se encuentra al otro lado del mostrador.

—¡Rose, más despacio! —grita mi tío a mis espaldas, pero lo dice riendo.

Llego hasta el mostrador, me pongo de puntillas y le digo al hombre:

—Me llamo Rose Howard. Llamé ayer para preguntar por mi perra.

Vuelvo a explicarle lo de *Rain* y el hombre empieza a sonreír.

—Sí —dice—. Teníamos la esperanza de que vinieras. Un momento. Voy a buscar a la directora del albergue.

El hombre habla por el teléfono del mostrador. Unos minutos después se abre una puerta al fondo de la sala y una mujer sale por ella. Lleva en la mano una correa y dice:

—Vamos. Vamos, chica.

Sigo la correa con la mirada a medida que esta sigue a la mujer a través de la puerta, miro y miro, hasta que, finalmente, puedo ver lo que hay al otro extremo.

—¡*Rain!* —grito.

Corro hacia ella. Al principio *Rain* parece confundida. Mueve los ojos de un lado a otro de la sala de espera mirando a los desconocidos que están allí. Pero luego se fija en el tío Weldon y en mí y empieza a brincar y saltar y dar ladridos y ladriditos.

Me pongo de rodillas y abrazo a *Rain*. Ella se menea con tanta fuerza que su cuerpo entero vibra. Luego apoya las patas delanteras en mis hombros y me lame la cara.

—*Rain* —digo de nuevo. Y me vuelvo para mirar al tío Weldon—. De verdad es ella —añado en voz baja.

Advierto que mi tío está llorando. Luego veo que

la mujer que lleva la correa está llorando, y lo mismo el hombre del mostrador y dos de las personas que están sentadas en las sillas de plástico.

Yo también tengo toda la cara mojada de lágrimas, pero los lametazos de *Rain* las hacen desaparecer así que no tengo que preocuparme por eso.

Cuando *Rain* y yo, por fin, nos calmamos y todos los demás han dejado de llorar, la directora del albergue extiende la mano para saludar al tío Weldon:

—Me llamo Julie Caporale —dice.

El tío Weldon y Julie Caporale hablan durante un rato. No presto mucha atención a lo que dicen. Estoy sentada en el suelo, *Rain* se ha subido a mi regazo y le acaricio las orejas y las patas y la examino con detenimiento. Parece más delgada, y tiene algunos cortes en la cara y unas marcas en la tripa que a lo mejor son picaduras de insectos. Pero sigue siendo mi *Rain*.

Después de un largo rato oigo que la señora Caporale le dice a mi tío:

—Es evidente que esta perrita con suerte ha encontrado a sus dueños, pero tengo que seguir el procedimiento antes de dejar que se marche con vosotros. ¿Podrían mostrarme alguna identificación, por favor? Tengo que asegurarme de que la información de su documento de identidad coincide con la del microchip. Estoy un poco confundida porque el chip dice que la perra se llama *Olivia*, no *Rain*.

Vuelvo la cabeza para mirar al tío Weldon.

—Le mostraré encantado mi carné de conducir —dice—, pero he decirle que yo soy el tío de Rose, no su padre, y...

Tengo que interrumpir la conversación:

—¿Qué es un microchip? —pregunto.

33

Qué es un microchip

Resulta que un microchip es un chip diminuto, del tamaño de un grano de arroz aproximadamente, que los veterinarios ponen a las mascotas y que contiene cierta información, como quiénes son los dueños del animal y la forma de contactar con ellos.

—Escaneamos a *Olivia*, perdón, *Rain*, en busca de un chip cuando nos la trajeron —nos cuenta la señora Caporale al tío Weldon y a mí.

Lleva ya un buen rato hablando, explicando en qué consiste la tecnología de los microchips, y yo estoy haciendo un gran esfuerzo para no interrumpir de nuevo, pero al final no puedo aguantarme más y hablo:

—¡Nosotros no le mandamos poner ningún microchip a *Rain*! —suelto—. Ni siquiera la hemos llevado al veterinario. Nunca.

—Pues tiene un microchip —dice la señora Caporale.

—¿Está segura? —Empiezo a sentir una extraña sensación en el estómago.

—Sí. Cuando llegó la escaneamos, y así supimos que se llamaba *Olivia*. —Ahora la señora Caporale está frunciendo el entrecejo. Se sienta en una silla y abre la carpeta que llevaba consigo. Luego se vuelve hacia el tío Weldon—. ¿Así que usted no es Jason Henderson, de Gloverstown?

El tío Weldon niega con la cabeza.

—Hemos intentado contactar con los Henderson varias veces, pero no hemos tenido suerte —dice la señora Caporale—. Por eso nos alegramos tanto cuando llamaste ayer, Rose, a pesar de que colgaste antes de que pudiéramos pedirte el número de teléfono. Nuestras líneas aún no funcionan del todo bien desde la tormenta —añade y me sonríe—. Pensamos que eras un miembro de la familia. Dimos por hecho que se habían tenido que mudar debido al huracán *Susan*. Gloverstown fue una de las poblaciones más afectadas y lo único que conseguimos cuando llamamos al número de teléfono del domicilio de los Henderson fue una señal de que comunicaba. En la información de contacto no incluyeron ningún número de móvil, así que... —La mujer extiende las manos.

Vuelvo a dejarme caer en el suelo junto a *Rain*. La rodeo con mis brazos y siento su pelo contra mi cuello. Lo tiene muy suave y pienso que a lo mejor la han bañado hace poco. Apoyo la mejilla junto a su cara.

—¿Quién eres, *Rain*? —susurro.

34

Lo que dice la señora Caporale

La señora Caporale y el tío Weldon continúan conversando. Yo estoy sentada en el suelo y pienso en *Rain* y en mi padre.

Recuerdo la noche en que mi padre la trajo a casa. Me pregunto si mi padre no sabía lo de los microchips o si sencillamente no quería buscar a los propietarios de *Rain*.

Pienso en mi padre dejando salir a *Rain* fuera durante la supertormenta sin su collar.

Me doy cuenta de que mi padre no me ha ayudado nada de nada en mi búsqueda de *Rain*.

Me vuelvo y le digo a la señora Caporale:

—Mi padre encontró a *Rain* en la lluvia. Por eso le puse *Rain*. Y también porque es un homónimo. —La señora Caporale parece desconcertada—. *Rain* estaba sola y no llevaba collar —continúo.

—¿Tratasteis de buscar a sus dueños? —me pregunta la señora Caporale.

Niego con la cabeza.

—Mi padre dijo que era imposible porque no llevaba identificación. También dijo que si tenía dueños, ella no les había importado lo suficiente como para ponerle un collar. —Hago una pausa y luego agrego en voz baja—: Pero sí les importaba lo suficiente como para ponerle un microchip.

La señora Caporale me mira y dice, con voz suave, amable:

—Las mascotas pueden separarse de sus propietarios por toda clase de razones. Que se pierdan o se separen de ellos no significa necesariamente que sean personas irresponsables.

Me pregunto si la señora Caporale está hablando de los Henderson o de mi padre y de mí.

Asiento con la cabeza. Por alguna razón siento que estoy a punto de llorar, así que digo: «Dos, tres, cinco, siete, once.» Pero lo digo dentro de mi cabeza de modo que yo sea la única que me oye decirlo.

Veo que el tío Weldon nos mira primero a *Rain* y luego a mí y luego a la señora Caporale.

—¿Y ahora qué hacemos? —pregunta—. ¿Tenemos que dejar a *Rain* aquí?

—¡No! —grito—. *No, no, no.* —Y me pongo de pie de un salto.

Rain también se levanta, parece nerviosa. Se apoya contra mis piernas y me acaricia la mano con el hocico.

La señora Caporale deja escapar un soplo de aire, lo que le levanta el flequillo que le cae sobre la frente.

—Esta es la primera vez que me encuentro en una situación así —reconoce—. Dejadme hablar con uno de mis colegas.

La mujer abandona la sala de espera. El tío Weldon y yo nos sentamos en las sillas de plástico. *Rain* salta sobre nosotros y se acomoda con la cabeza en mi regazo y el cuerpo en el regazo del tío Weldon.

Le digo a mi tío:

—Me sentiría mejor si *Olivia* fuera un nombre homónimo, pero no lo es.

El tío Weldon me mira sonriendo, pero es una sonrisa triste.

Al final la señora Caporale regresa. Se sienta al lado del tío Weldon y dice:

—Vamos a ver qué os parece: teniendo en cuenta que hemos intentado localizar a los Henderson y no lo hemos conseguido, y teniendo en cuenta que *Rain* ha estado viviendo con Rose durante un año y es evidente que la perra la quiere...

—Y que yo la quiero —digo.

—... y que tú la quieres —continúa la señora Caporale—, hemos decidido que vaya a casa contigo, al menos de momento. Nos parece lo justo, y desde luego ella estará más contenta contigo que viviendo aquí en el albergue.

—¡Gracias! —grito.

—Sin embargo —continúa la señora Caporale—, continuaremos buscando a los Henderson. Debido a la tormenta, ahora estamos más ocupados que de costumbre, pero continuaremos buscándolos. Y si los encontramos, o si ellos se ponen en contacto con nosotros, y quieren a *Rain*, entonces... —La mujer vuelve a extender las manos—. Al fin y al cabo *Rain* es su perra. Quiero decir, lo era. En un principio. Así que, por favor, completad este formulario con vuestra información para tenerla en el expediente. —Empieza a estirar la mano para entregarme el formulario, pero luego mira al tío Weldon.

—Yo lo llenaré —dice—. Pondré mis datos y también los de Rose y su padre.

Cinco minutos después el tío Weldon y yo salimos de Colitas Felices con *Rain* caminando entre los dos.

IV

La parte difícil

35

Lo que tengo que hacer

Cuando el tío Weldon se detiene en la calle del Haya junto al puente de tablones que pasa por encima del arroyo y ambos bajamos de la camioneta con *Rain*, la cara de mi padre, que está trabajando en el patio, adquiere una expresión que, muy probablemente, es de sorpresa. Abre mucho los ojos y al principio no dice nada.

El tío Weldon me toma de la mano y empezamos a cruzar el puente. *Rain* va delante de nosotros, escogiendo el camino con cuidado porque no está acostumbrada a pasar por los tablones, que se mueven. Cuando llega al patio se da cuenta de que mi padre está ahí, de pie entre montones de herramientas y tablones, y menea la cola un poco.

Al final mi padre habla.

—Caramba —dice.

No estoy segura de lo que significa eso.

—Hemos encontrado a *Rain* —digo yo.

—Sí. Ya veo.

—¿Estás contento? —le pregunto a mi padre.

Se arrodilla cuando *Rain* se le acerca corriendo.

—Más bien estoy sorprendido. No puedo creer que la hayas encontrado.

De modo que acerté cuando supuse que su cara era de sorpresa.

—Yo tenía un plan —le recuerdo—. Y era un buen plan.

—Supongo que sí —dice mi padre, que palmea a *Rain*.

—Excepto que hay... un problema —dice el tío Weldon a mis espaldas.

Mi padre alza la mirada con rapidez y luego se pone de pie.

—¿Un problema?

El tío Weldon le explica lo de los Henderson y el microchip.

Presto atención a la reacción de mi padre cuando el tío Weldon dice la palabra «microchip». Mi padre frunce el entrecejo.

—Al final resulta que *Rain* sí tenía identificación —comento.

Ahora mi padre se vuelve bruscamente para mirarme a mí.

—¿De qué hablas?

Pienso un momento.

—He dicho que al final resulta que *Rain* sí tenía identificación.

Mi padre niega con la cabeza.

—Mira, has recuperado a tu perra, Rose. Déjalo estar.

Mientras volvíamos a casa desde Colitas Felices, *Rain* se pasó todo el viaje sentada en mi regazo. En todo ese tiempo apenas se movió y tuvo la cara pegada a mi mejilla, así que sentía sus bigotes y una pequeña ráfaga de aire cada vez que respiraba. De vez en cuando se giraba y me lamía la nariz.

Recorro el patio con la mirada. Mi padre y yo lo hemos limpiado bastante bien. Mi padre ha estado trabajando en el puente permanente, y mientras tengamos el puente provisional no volveremos a quedar aislados en nuestra propiedad. La electricidad y el teléfono han vuelto y la escuela ha abierto. Y lo más importante de todo, *Rain* está en casa.

Sé que debería sentir felicidad. Si la madre de Parvani de algún modo consiguiera recuperar todas sus obras de arte intactas, se sentiría feliz. Pero yo no siento felicidad. Más bien siento que algo falla.

Le doy las gracias al tío Weldon por haberme ayudado, y *Rain* y yo seguimos hacia la casa. *Rain* olfatea todo lo que encuentra a su paso: las ramitas, los troncos, la hierba, los escalones del porche, el sofá del porche. Luego olfatea su camino por la casa y hasta mi habitación, donde se sube a la cama de un salto y me mira. Yo me siento junto a ella y le paso los brazos alrededor del cuello.

Sin embargo, sigo sintiendo que algo falla, y después de un rato empiezo a llorar. Lloro contra el pelo de *Rain* y ella se queda a mi lado, paciente, volviéndose de cuando en cuando para lamerme las mejillas, hasta que saco un pañuelo de papel y me sueno la nariz y me seco las lágrimas.

Ya sé qué es lo que falla. Es lo que mi padre dijo

hace unos pocos minutos: «Has recuperado a tu perra, Rose.»

Tu perra. Has recuperado a *tu* perra, Rose.

Eso fue lo que dijo. Pero *Rain* no es mi perra. *Rain* es la perra de los Henderson. Les pertenece a ellos. O les pertenecía.

Y esas personas se preocuparon lo suficiente por ella como para ponerle un microchip. No sé cómo se perdió, pero eso es lo que pasó, y es probable que ellos quieran recuperarla. Sobre todo ahora. Sobre todo si perdieron su casa durante la tormenta y se sienten muy muy tristes.

Sé lo que tengo que hacer.

No quiero hacerlo, pero las reglas son las reglas, y yo he de cumplirlas.

En algún lugar hay una familia de apellido Henderson que perdió a *Rain*. Si ellos la echan de menos tanto como yo la eché de menos cuando se perdió, entonces tendrán muchas ganas de recuperarla. Y ella es suya.

No sé cuándo empezará la gente del albergue a buscar de nuevo a los Henderson, pero yo necesito empezar a hacerlo ahora.

Tengo que encontrar a los Henderson y devolverles a *Rain*.

Rain suelta un suspiro y se deja caer en la cama. Yo me echo junto a ella. Me pregunto si sabrá en qué estoy pensando.

Recuerdo la información sobre *Rain* que había en el formulario del microchip. La señora Caporale no le proporcionó los datos al tío Weldon, pero yo eché un vistazo al formulario y vi el número de teléfono de los Henderson y la dirección de su casa y me los aprendí de memoria. Sé dónde viven, o dónde vivían antes. Esa información me servirá en mi nueva búsqueda.

Hago algunos cálculos mentales. El nombre Henderson suma 102, que claramente no es un número primo. *Olivia* tampoco es un nombre primo.

No sé si eso significa algo.

36

Las útiles sugerencias de la señora Kushel

Desde que volvimos a clase después de la tormenta, la señora Kushel empieza el día preguntando si alguno de nosotros tiene algo que quiera compartir con los demás. Durante quince minutos, levantamos la mano y les contamos a todos las cosas que nos inquietan o cosas que están mejorando. El lunes después de que el tío Weldon y yo lleváramos a *Rain* de regreso a casa, yo digo a mis compañeros:

—*Rain* ha vuelto. La encontramos en el albergue de Animales Colitas Felices en Elmara, Nueva York.

Todos quieren preguntarme cosas.

—¿Está bien?

—¿Te recordaba?

—¿Se puso contenta al verte?

—¿Cómo llegó hasta Elmara?

—¿Por qué no usó su nariz para encontrar el camino de vuelta a tu casa?

Respondo a todas esas preguntas lo mejor que puedo.

No menciono a los Henderson ni el microchip.

En secreto estoy trabajando en mi nuevo plan. He llamado al número de teléfono de los Henderson, pero como dijo la señora Caporale, solo oí una extraña señal de comunica. Así que no sé muy bien cómo buscar a los Henderson. Pero sé de alguien a quien puedo pedirle consejo.

Una mañana el tío Weldon accede a llevarme a la escuela diez minutos antes de lo habitual. Llego al cole antes que la señora Leibler, así que voy caminando al aula yo sola.

Allí encuentro a la señora Kushel sentada a su escritorio. No hay nadie más.

—¿Señora Kushel? —digo.

Ella da un saltito.

—¡Rose! ¡Has llegado la primera!

Yo la miro fijamente.

—Tengo una pregunta.

La señora Kushel deja el boli sobre la mesa y me mira muy seria.

—¿Sí?

—¿Cómo hace alguien que ha encontrado un perro perdido para buscar a los dueños del perro?

—Bueno, esa persona podría poner un anuncio en el periódico —responde la señora Kushel— y también buscar en el periódico anuncios sobre perros perdidos. Podría poner carteles con una foto del perro e información acerca de cuándo y dónde se encontró. O podría llamar a los veterinarios y a los albergues de animales y escribir mensajes en las páginas web de mascotas perdidas.

—Mmm —digo.

La señora Kushel me mira frunciendo la nariz.

—¿Has encontrado un perro perdido, Rose?

Asiento con la cabeza.

—Sí.

37

Dónde vivía *Rain*

En secreto, cuando mi padre no está en casa, llamo al número de los Henderson. Cada vez que lo hago solo oigo la extraña señal de que comunica. No es la misma señal que oigo cuando llamo al tío Weldon y el teléfono está ocupado. Ahora mucha gente tiene el servicio de llamada en espera y ya no hay ninguna señal de que comunica cuando llamas. Pero es posible que los Henderson sean como el tío Weldon y no tengan el servicio de llamada en espera. De todas formas, su señal de comunicar es diferente. Supongo que en realidad su teléfono está averiado.

Por eso agradezco que la señora Kushel vaya a ayudarme con los carteles. También dijo que se encargaría de poner un anuncio en el periódico y en varias páginas web de mascotas perdidas.

Sin embargo, de inmediato nos topamos con un

problema. Esta es la conversación en la que me doy cuenta del problema:

SEÑORA KUSHEL: Muy bien, lo primero que debes hacer es tomar una foto del perro que encontraste. Una foto es mucho mejor que una descripción del perro.

ROSE HOWARD: ¿Una foto?

SEÑORA KUSHEL: Sí. ¿Puedes tomar una?

Yo puedo, pero no quiero. No quiero que la señora Kushel vea que la fotografía es de *Rain*.

Asiento con la cabeza.

SEÑORA KUSHEL: Muy bien. Debajo de la foto debemos escribir «Encontrado» y luego puedes describir al perro.

ROSE HOWARD: ¿Aunque haya una foto del perro ahí mismo?

SEÑORA KUSHEL: Sí. De esa forma puedes dar más detalles, como la edad aproximada del perro y el peso, y también el lugar donde lo encontraste.

ROSE HOWARD: ¡Oh!

Decido que a lo mejor conviene esperar un poco antes de poner carteles de *Rain*. Aún no estoy preparada para explicarle lo ocurrido a la señora Kushel.

Pero sí estoy lista para contarle mi nuevo plan al tío Weldon. Una noche lo llamo y le digo:

—Creo que necesitamos buscar a los Henderson.

—¿Qué? —dice.

—A los verdaderos dueños de *Rain*. Es lo correcto. Y es justo. Las reglas son las reglas: no poner apodos. Devolver el juego de matemáticas al estante cuando no lo estás usando porque alguien que haya terminado su hoja de actividades podría querer utilizarlo. Y...

El tío Weldon me interrumpe:

—Y asegurarte de que los primeros dueños de *Rain* recuperan a su mascota.

—Sí —digo.

—¡Oh, Rose! ¿Estás segura de que quieres hacerlo?

—Prácticamente la robamos —replico en voz baja.

—No te precipites, Rose.

Mientras hablamos, yo acaricio a *Rain*.

—No me estoy precipitando —digo. Y añado—: Tengo otro plan.

Le digo al tío Weldon que sin que nadie se diera cuenta me aprendí la dirección de los Henderson en Gloverstown.

—Podríamos empezar por buscar su casa. Es posible que todavía vivan allí y que sencillamente se les estropeara el teléfono por culpa de la tormenta.

Decidimos ir a Gloverstown al día siguiente, que es sábado. Empezamos temprano, cuando mi padre acaba de levantarse. Lo dejamos sentado a la mesa de la cocina en ropa interior, murmurando y gruñendo y soltando palabrotas contra la gente del taller J & R.

Gloverstown está a cuarenta y ocho kilómetros de Hatford en dirección opuesta a Elmara.

—Fue una de las poblaciones que más sufrió el huracán *Susan* —comenta el tío Weldon mientras conduce—. No creo que quede mucho de ella.

Mi tío estaba en lo cierto. Cuando llegamos a lo que había sido la calle principal que atravesaba Gloverstown vemos que ahora parece el lecho seco de un río. Y a lado y lado todos los edificios están en ruinas o han sido abandonados. Los porches de madera están caídos o hundidos, y las barandas han desaparecido. Las aceras ya no existen y los escaparates de las tiendas, muchos de ellos rotos, han sido reparados con cinta adhesiva, pero sin mucho cuidado, como si los propietarios en realidad no creyeran que sea posible salvar sus negocios. No hay absolutamente nadie a la vista.

El tío Weldon da vueltas por el pueblo hasta que por fin damos con la calle en la que vivían los Henderson. Es un camino campestre, solitario, y aunque no se ve ninguna casa en los alrededores, sí encontramos muchos daños causados por la tormenta. Al final vemos un buzón con el excelente primo número 2 pintado en el costado.

—¡Ahí es! —digo.

El tío Weldon gira en un sendero de grava y continúa conduciendo con cautela para evitar los baches y las ramas de árbol.

Tomamos una curva.

—¡Vaya! —dice el tío Weldon entre dientes.

La casa que estaba allí antes, la antigua casa de *Rain*, ahora es una pila de escombros y trozos de madera rodeada de árboles caídos.

Salimos de la camioneta y escuchamos los sonidos del campo, el crujido de las ramas, los trinos de los pájaros.

—¿Hola? —llama el tío Weldon.

Nadie responde.

Volvemos a la camioneta y regresamos al pueblo.

38

La tienda de Gloverstown

—¿Crees que estarán bien? —le pregunto al tío Weldon mientras conduce.

—¿Los Henderson? No lo sé. Ojalá hayan ido a un refugio antes de que llegara la tormenta.

—¿Cómo los encontraremos? —pregunto.

El tío Weldon niega con la cabeza.

—No lo sé. Déjame pensar.

Volvemos a Gloverstown, recorremos la calle principal en ruinas y estamos a punto de girar en la Ruta 28 cuando yo digo:

—¡Eh!

A un lado de la carretera hay una pequeña tienda. Parece solo una casa, una casa blanca con postigos negros, un amplio porche delantero y una chimenea de ladrillo. Pero encima de la puerta hay un cartel que dice COMESTIBLES.

—¿Podemos parar allí? —pregunto.

—Claro. ¿Tienes hambre?

—No. Tengo una idea.

El tío Weldon me sigue al interior de la tienda. Estante tras estante, el local está abarrotado de cosas. Hay todo lo que uno pueda imaginar: clavos, juegos de mesa, latas de sopa, camisetas, baterías, aspirinas, cereales, tiritas, bolis, caramelos, hilos, calcetines...

—¿Qué desean?

De pie, detrás del mostrador, se encuentra un hombre joven vestido con un mono y una camisa de franela.

El corazón me empieza a latir con fuerza, pero de todas formas me acerco al mostrador y digo:

—Me llamo Rose Howard y estoy buscando a los Henderson, que vivían en el número 2 de la calle Clavel.

El hombre frunce el entrecejo y se me ocurre que quizá vaya a preguntarme por qué quiero encontrar a los Henderson. Pero no, solo dice esto:

—Henderson, Henderson. ¿Jason y Carol Henderson? ¿Y dos niños pequeños?

Recuerdo que los nombres Jason y Carol estaban en la información del microchip, así que digo:

—Sí.

—No los conocía bien.

—¿No los *conocía*?

—Tuvieron que marcharse después de la tormenta. Su casa quedó muy dañada.

Dejo escapar un suspiro: al menos no están muertos.

—¿Sabe adónde fueron? —pregunto.

El hombre niega con la cabeza.

—No. Pero tienen parientes en algún lugar por aquí cerca. Tal vez estén con ellos.

—De acuerdo. —Miro al hombre directamente a los ojos y digo—: Gracias.

El tío Weldon y yo nos encaminamos a la salida de la tienda cuando veo un expositor de prensa. Uno de los periódicos se llama *La Gaceta del Condado*. La señalo con el dedo.

—¿Tío Weldon? ¿Podemos comprarla?

—Claro. ¿Para qué la quieres?

—Si ponemos un anuncio ahí, es posible que los Henderson lo vean.

39

Encontrada: perra rubia

Halloween llegó y se fue y ahora Acción de Gracias llega y se va. Mi padre y *Rain* y yo cenamos pavo en casa del tío Weldon. Durante el fin de semana pienso mucho en los Henderson. Decido que debo contarle a la señora Kushel la verdad acerca de *Rain*. Así que el lunes le pregunto a mi tío si puede llevarme a la escuela más temprano otra vez. Es hora de tener otra conversación privada con mi maestra.

Entro en el aula y encuentro a la señora Kushel trabajando en un nuevo cartel. Está poniendo con chinchetas unas grandes letras de colores que unidas dicen VACACIONES.

—Buenos días, Rose —dice.

—Buenos días —respondo mirándola a los ojos.

La señora Kushel baja de la silla en la que se había subido para colgar las letras.

—¿Querías hablar conmigo? —me pregunta—.

¿Has traído la fotografía del perro que encontraste?

Ha formulado dos preguntas seguidas. Respondo a la primera.

—Sí, quería hablar con usted.

Me siento a mi pupitre y la señora Kushel se sienta junto a mí en la silla de la señora Leibler.

—Tengo que contarle una cosa —digo—. Tengo que contarle la verdad.

La señora Kushel me sonríe, lo que es una señal que utiliza para darme ánimos.

Le cuento a mi maestra toda la historia de *Rain*, empezando por la noche en que mi padre la trajo a casa y dijo que no podíamos buscar a sus dueños porque no tenía identificación.

—De modo que *Rain* ha vuelto —termino—. Pero ella no es mi perra y tenemos que encontrar a sus verdaderos dueños, los Henderson, que vivían en Gloverstown, pero su casa ha quedado en ruinas y podrían estar viviendo cerca, con unos parientes.

Al igual que mi tío Weldon, la señora Kushel me dice:

—Oh, Rose. ¿Estás segura?

Asiento con la cabeza.

—Sí. Estoy segura. Es lo correcto. La directora del albergue Colitas Felices también está buscando a los dueños.

La señora Kushel vuelve a fruncir el entrecejo y se pone a dar golpecitos con un lápiz en el borde de mi mesa. Eso es un indicio de que está pensando. Al final dice:

—Tengo una idea. En lugar de poner un anuncio en el periódico, podríamos buscar a alguien que escriba un artículo. Un artículo recibe muchísima atención, mucho más que un pequeño anuncio.

»Tendré que pedirle permiso a tu padre, por supuesto —continúa la señora Kushel. Parece como si estuviera hablando para sí misma—. Luego llamaré a una amiga, Sheila Perlman, que es escritora. Si acepta ayudarnos, estoy segura de que escribirá un buen artículo, y probablemente consiga que lo reproduzcan montones de periódicos locales. ¿Qué te parece eso, Rose?

—Me parece buena idea.

—Llamaré a tu padre esta noche.

—Creo que sería mejor que lo llamara por la tarde —digo, pensando en todo el tiempo que mi padre pasa en La Suerte del Irlandés últimamente. Cuanto más temprano lo llame, menos probabilidades de que ya haya empezado a beber.

—De acuerdo —dice la señora Kushel.

Tres días después llego a la escuela con el mismo vestido que usé el día de la foto escolar. Me he peinado el pelo y el tío Weldon me ha puesto un lazo en él.

Cuando es la hora del descanso, mis compañeros de clase se marchan a la cafetería y a jugar en el patio de recreo, mientras la señora Kushel y yo volvemos al aula. Allí nos está esperando una mujer vestida con una chaqueta de lana azul y unos pantalones a juego, también de lana azul. Por su cara parece seria, pero cuando me ve sonríe.

—Rose —dice la señora Kushel—, te presento a la señorita Perlman. Es la escritora. Señorita Perlman, le presento a Rose Howard.

La señorita Perlman tiende la mano y sé que la idea es que se la estreche, de modo que eso es lo que hago.

—Muy bien —dice mi maestra—, ¿empezamos?

La señorita Perlman abre un ordenador portátil. Comienza haciéndome preguntas: acerca de *Rain*, acerca del día en que mi padre la trajo a casa, acerca de cómo la perdimos y cómo la encontramos. Y luego más preguntas acerca de lo que pasó cuando la localizamos en el albergue Colitas Felices. Yo le doy la foto de *Rain* que el tío Weldon hizo con su cámara digital.

La señorita Perlman mira la foto, luego me mira a mí, luego vuelve a mirar la foto y cuando alza la cabeza para mirarme por segunda vez me parece ver lágrimas en sus ojos.

—Lo que estás haciendo es muy valiente y generoso, Rose —dice—. Renunciar a la perrita que tanto quieres para que sus primeros propietarios puedan reunirse con ella.

Asiento con la cabeza. Pienso que tal vez debo decir gracias.

Dos, tres, cinco, siete, once.

Como no digo nada, la señorita Perlman dice a la señora Kushel:

—Al final del artículo incluiremos un número de contacto, un teléfono del *Heraldo de Hatford*, para que la gente pueda llamar si tiene información acerca de *Rain* o de los Henderson. De esa forma la información personal de Rose seguirá siendo privada.

La señora Kushel asiente.

—Le explicaré eso al padr... —Hace una pausa—. Creo que se lo explicaré a su tío, cuando la recoja hoy.

La señorita Perlman se vuelve hacia mí y me sonríe.

—Y con eso hemos terminado. Muchas gracias,
Rose.

—De nada, señorita Perlman —replico y tiendo la
mano para que ella pueda estrechármela de nuevo.

40

Parvani encuentra un homónimo

Estamos escribiendo una redacción en la clase de la señora Kushel. Ya falta muy poco para la Navidad y la Janucá, pero cuando la señora Kushel pregunta sobre qué nos gustaría escribir, todos, absolutamente todos, decimos: «Sobre el huracán *Susan*.» No hemos dejado de pensar en casas en ruinas y obras de arte destrozadas, puentes arrasados y perros perdidos.

No sé exactamente cuál es el tema de la redacción de Parvani, pero de repente levanta la mano muy decidida y dice:

—¿Señora Kushel? ¿Cómo era esa palabra que usted nos enseñó que significa que alguien dice la verdad?

La señora Kushel pone cara de estar pensativa y se da golpecitos en los dedos con el lápiz que tiene en una mano.

—¿Veraz? —propone después de unos segundos.

—¡Sí! —exclama Parvani. Y luego, en un arranque, salta de la silla, corre hasta mi pupitre y dice en voz alta—: Rose, se me ocurrió un homónimo: «veraz» y «verás» del verbo «ver».

Yo ya había pensado en ese par de homónimos antes, pero sé que no es el momento de mencionar eso. Más bien es el momento de sentir la amistad. Supongo que un amigo, probablemente, no diría «Ya lo sabía», así que sonrío a Parvani y exclamo poniendo entusiasmo en la voz:

—¡Es estupendo!

Parvani pone la palma de la mano en el aire.

—Choca esos cinco —dice.

Chocamos los cinco y luego seguimos con nuestras redacciones. Las dos sonreímos.

41

Mi padre comete un error con los pronombres

—¿Qué es esto? —Mi padre es el que hace la pregunta. (No es aquí cuando comete un error con los pronombres.) Sostiene un periódico en la mano.

El tío Weldon acaba de dejarme en casa después de la escuela. Apenas me ha dado tiempo de entrar en casa. *Rain* va a mi lado porque estaba esperándome en el porche.

—Es un periódico —digo.

La cara de mi padre está rígida. No hay ninguna sonrisa en ella.

—Ya sé que es un periódico —replica, y lo tira a mis pies—. Sam Diamond me lo ha dado esta mañana. Me dijo que venía un artículo que debería ver. Y tenía razón. ¿Hay algo que quieras contarme?

Me siento confundida, pero más que eso, me siento asustada.

—No —digo.

Mi padre recoge el periódico y pasa las páginas con tanta brusquedad que las rompe. Pasa tres páginas y luego se detiene y me planta una delante.

—¿Qué es esto?

Miro la página. Veo una fotografía de *Rain*. Y un artículo, un artículo largo, titulado «La valiente búsqueda de una niña». El autor del artículo es Sheila Perlman.

—Es el artículo del que la señora Kushel te habló cuando te llamó —le digo a mi padre.

—Nadie me llamó para hablar de ningún artículo.

Le devuelvo el periódico.

—La señora Kushel lo hizo.

Mi padre guarda silencio. Sus ojos vagan por el recinto. Sé que de repente ha recordado la tarde en la que llegó de La Suerte del Irlandés y el teléfono sonó. Levantó el aparato y dijo: «Hola»; y luego frunció el entrecejo y lo siguiente que dijo fue: «¿Qué ha hecho Rose? ¿Otra vez se ha metido en problemas?» Entonces puso la mano sobre el micrófono y me susurró:

—Es la señora Kushel.

—De acuerdo —dije.

Mi padre cogió el mando a distancia y lo apuntó a la tele. Presionó el botón MUTE y empezó a pasar los canales en silencio. Cada tanto decía «Ajá» o «Ajam» a la señora Kushel. Luego colgó.

—¿Para qué le contaste a tu profesora lo de *Rain*? —me preguntó antes de volver a subir el volumen.

Ahora mi padre niega con la cabeza.

—Esto es un asunto privado, Rose. Entre nosotros dos. Un asunto familiar. Y ahora está en el periódico. El condado entero va a leer esto. Me hace parecer un ladrón.

Retrocedo. *Rain* también retrocede sin quitarle los ojos de encima a mi padre.

—Llama al tío Weldon —digo. Sé que el tío no habrá tenido tiempo de regresar aún a su despacho, pero no quiero que mi padre telefonee a la señora Kushel y le grite—. Tengo que llevar a *Rain* a dar un paseo —añado—. Llamemos al tío Weldon cuando yo regrese.

Empujo a *Rain* para que salga y caminamos calle arriba y calle abajo hasta que pienso que el tío Weldon ya debe de estar de regreso en su despacho en el trabajo. Entonces pasamos los tablones y volvemos a nuestro patio.

Mi padre está sentado a la mesa de la cocina sin hacer nada. Cojo el teléfono y marco el número del tío Weldon. Le cuento lo que ha ocurrido y él dice:

—Déjame hablar con tu padre, por favor.

Ahora me siento un poco enfadada con mi padre, de modo que me quedo junto a la mesa, mirándolo fijamente y escuchando su parte en la conversación. Al principio no dice mucho, pero luego grita:

—¡De acuerdo! No voy a telefonear a nadie. No voy a armar ningún jaleo. —Y cuelga sin decirle adiós al tío Weldon. Después me mira—: Siéntate, Rose.

Yo no quiero sentarme cerca de mi padre.

—¿Dónde? —digo.

Mi padre patea una silla alejándola de la mesa.

—Ahí.

Me siento en el borde de la silla.

—¿Por qué haces esto, Rose? ¿Por qué estás buscando a los dueños de *Rain*? Ella fue un regalo que te hice. *Mi regalo*. Eso sin mencionar que la recibiste dos veces. Una cuando yo la traje y otra cuando la recuperaste en el albergue. Deberías sentirte afortunada.

—Si tú no hubieras dejado fuera a *Rain* durante la supertormenta —le digo—, yo no habría tenido que recuperarla. —Bajo la cabeza y miro a *Rain*, luego vuelvo a levantarla y miro a mi padre—. ¿Por qué la dejaste fuera durante la tormenta?

—Rose, por el amor de Dios. —Veo que la cara de mi padre empieza a ponerse colorada.

—¿Por qué? *Rain* nunca había estado fuera durante una tormenta. Y mucho menos sola.

Cuando mi padre habla de nuevo lo hace en voz muy baja, pero no de forma amable como cuando la señora Kushel nos lee en clase. Es un tipo diferente de voz baja.

—Deberías alegrarte. Deberías alegrarte mucho, Rose. Has recuperado a tu dichosa perra.

Eso no es lógico.

—No habría tenido que recuperarla si tú no la hubieras dejado fuera. ¿Por qué la dejaste fuera?

Mi padre estampa la mano abierta contra la mesa tan repentinamente y con tanta fuerza que *Rain* y yo saltamos.

—Mira, niñata. Yo te lo traje a casa —dice apuntando a *Rain*—. Estaba intentando hacer algo bonito.

—*Rain* es una chica. Es *la* —le informo— no *lo*.

Mi padre se pone de pie y se planta delante de mí.

42

Proteger a *Rain*

—¿Qué has dicho? —pregunta mi padre.

Yo niego con la cabeza. Él es muy grande. Muchísimo más grande que yo. No me había dado cuenta. No me había dado cuenta de lo gruesas y fuertes que son sus manos ni de lo anchos que son sus hombros.

Dos, tres, cinco, siete.

—Respóndeme —dice mi padre con la misma voz baja de antes.

Me deslizo por el borde de la silla y doy un paso al costado, hacia mi habitación.

—Ven aquí.

—No.

—Muy bien...

Mi padre da dos pasos de gigante hacia mí, el brazo en alto, los dedos apretados en un puño. Le veo todos los nudillos, blancos, duros como la piedra.

Nunca antes me había levantado el puño. No que yo recuerde. Eso se debe a que él no quiere ser la clase de padre que era su padre.

Mis ojos van de la puerta de mi habitación a la puerta principal intentando decidir cuál está más cerca cuando una masa borrosa de pelo rubio salta por el aire contra el pecho de mi padre, gruñendo.

—¡*Rain*! —grito.

Rain aterriza en el suelo y se prepara para lanzarse de nuevo, pero antes de que pueda volver a saltar mi padre baja el puño. Lo hace sobre la espalda de *Rain* y ella se tambalea hacia un lado y choca contra las patas de la mesa. Oigo un crujido y el aullido de miedo y dolor de *Rain*.

Me vuelvo y me lanzo debajo de la mesa tan rápido que me araño las rodillas contra las tablas del suelo. Estrecho a *Rain* entre mis brazos y me deslizo hasta el centro mismo de la mesa. Mi padre estira la mano para agarrarnos, pero yo consigo ponernos fuera de su alcance, una y otra vez, como si fuéramos dianas en un juego.

—¡No la toques! —grito—. ¡No la toques, no le hagas daño!

No pienso soltar a *Rain*. Después de un momento la mano desaparece. Oigo pasos que cruzan la habitación hasta la puerta principal. El pomo comienza a girar y luego se detiene. Me arrastro hacia delante unos pocos centímetros y me asomo desde debajo de la mesa.

—Si dices una palabra de esto a alguien, Rose... una sola palabra... —Mi padre tiene la respiración agitada y ha de hacer una pausa antes de continuar hablando—. Si le dices una palabra a Weldon o a la señora Kushel...

Sus ojos se desvían hacia *Rain*, que también ha asomado la cabeza desde debajo de la mesa aunque sigue temblando. Mi padre la fulmina con la mirada. No termina la frase. No tiene que hacerlo. Arrastro a *Rain* a mi espalda para que no esté a la vista.

Mi padre coge las llaves y se marcha dando un portazo. Sigo abrazada a *Rain* durante un buen rato. También nosotras tenemos la respiración agitada. Yo resuello, *Rain* jadea y babea.

Cuando oigo que el coche de Sam Diamond arranca, salgo gateando de debajo de la mesa. Tiro de *Rain* para que me siga y nos sentamos en el sofá. Le doy palmadas por todo el cuerpo, una y otra vez. No parece haber sufrido ningún daño. La hago caminar. No cojea.

Más tarde le doy a *Rain* su cena. Luego la saco a pasear más temprano que de costumbre, a pesar de que no me gusta nada cambiar nuestro horario, y después la encierro en mi habitación.

Me pregunto cómo voy a protegerla cuando yo esté en la escuela.

Sigo despierta cuando mi padre regresa a casa. Estoy sentada en el salón con la tele encendida.

Mi padre se pone delante de mí y dice:

—Lo siento, Rose. No volverá a ocurrir.

Lo miro a los ojos. No sé cómo interpretar lo que veo en ellos, así que no digo nada.

—De verdad —continúa mi padre—. Lo siento mucho. Lo siento muchísimo.

—De acuerdo —digo.

Es posible que sea una disculpa sincera.

43

Lo que dice la señora Kushel

El tiempo pasa en la escuela de la forma en que suele hacerlo. La señora Kushel cambia el VACACIONES de la cartelera por un ¡TODOS SOMOS ARTISTAS! Una parte de la nieve se derrite y durante un tiempo el patio de recreo está embarrado y húmedo en lugar de nevado y húmedo. El siguiente día festivo será el día de Martin Luther King Jr.

Una mañana oscura y lluviosa y helada, la señora Leibler me acompaña al aula como siempre. Pero lo que no es como siempre es que la señora Kushel me lleve a la parte trasera del aula tan pronto como he colgado mi abrigo y dejado mis cosas en mi mesa.

—Rose, quiero hablar contigo en privado —dice.

Me pregunto si he hecho algo sobre lo que ella y la señora Leibler tengan que escribir en el informe semanal que envían a mi padre.

—De acuerdo —digo y pienso en homónimos.

Tengo un nuevo par: «olla», de cocina, y «hoya», cavidad en la tierra.

—Quería que supieras que ayer el periódico recibió una llamada acerca de *Rain*.

«Olla», «hoya». «Rayo», «rallo».

—¿Me estás escuchando, Rose?

—Sí.

—La llamada la hizo un hombre llamado Jason Henderson. Dijo que alguien acababa de enviarle el artículo y que *Rain* era la perra de su familia. El periódico lo puso en contacto con el albergue Colitas Felices, y la señora Caporale está convencida de que él y su familia son los primeros propietarios de *Rain*. Toda la información que proporcionaron coincide con los datos que había en el microchip de *Rain*. —La señora Kushel hace una pausa y me mira con seriedad—. No sé si esto es una buena o una mala noticia para ti.

—El artículo ha servido —digo.

—Sí, ha servido. ¿Te gustaría saber cómo ocurrió que *Rain* terminara separada de los Henderson?

—Sí.

—Ellos siempre le quitaban el collar cuando estaban en la casa para que no se enganchara con nada. Un día los Henderson salieron y dejaron a *Rain* sola en casa. Un vecino pasó a dejar algo en la cocina y *Rain* se escapó sin su collar. El vecino no se dio cuenta de que la perra había salido, de modo que pasaron varias horas antes de que alguien se enterara de que estaba perdida. Eso ocurrió dos días antes de que tu padre la encontrara, Rose.

—Al final los Henderson no fueron irresponsables —digo—. Fue un accidente.

Rain se marchó de casa sin su collar, igual que se marchó de nuestra casa sin su collar después de la tormenta.

—Sí. Un triste accidente. Nunca sabremos cómo fue que *Rain* llegó tan lejos de su casa, pero así fue. Los Henderson la buscaron en su pueblo, repartieron papeles y pusieron un anuncio en el periódico, pero nadie les dio noticias de ella.

—Porque la teníamos nosotros.

La señora Kushel ladea la cabeza.

—Pero ahora tú has hecho una cosa muy valiente, como dijo la señorita Perlman.

—De acuerdo.

—El resto de la historia ya la averiguaste tú misma. Los Henderson tuvieron que abandonar su casa después de la tormenta y ahora están viviendo con unos parientes. Por eso nadie podía localizarlos. —La señora Kushel hace una pausa de nuevo—. Quieren recuperar a *Rain*, Rose. La quieren y la echan de menos y desean muchísimo que vuelva con ellos.

—De acuerdo.

44

Adiós

Al día siguiente el tío Weldon me recoge en el cole, como de costumbre. Me lleva a casa, como de costumbre. Cuando llegamos a casa, cruzo los tablones, como ya es costumbre, y encuentro a *Rain* mirándome desde la ventana. Lo que no es como siempre es que el tío Weldon sigue sentado en la camioneta. Nos espera a mí y a *Rain*.

Después de dejar la mochila del cole, abrocho la correa de *Rain* a su collar y le doy un paseo por el patio durante un rato. Ella hace pipí y caca y olfatea sus cosas favoritas: un tocón, el escalón inferior del porche, un sitio en particular cerca de la puerta del garaje. El tío Weldon nos mira desde la camioneta.

Mi padre no está en casa. Es probable que esté en La Suerte del Irlandés. Pero me doy cuenta de que ha estado trabajando en el nuevo puente durante la mañana.

Creo que mi padre no quiere despedirse de *Rain*.

Llevo a *Rain* a la camioneta. Se sienta entre el tío Weldon y yo mientras él conduce y mira por la ventanilla muy serio.

El otro día la señora Leibler me dijo que intentara ver las cosas desde la perspectiva de los demás.

—Ponte en el lugar de esa persona, Rose —dijo—. ¿Qué crees que está pensando? ¿Cómo se siente?

No estoy segura de qué puede estar pensando o sintiendo *Rain* ahora, pero parece que mire la carretera como si buscara personas que estén cometiendo infracciones de tráfico.

El tío Weldon y *Rain* y yo vamos hacia el albergue Colitas Felices. No hablamos mucho. Nuestro espacio en la camioneta es muy silencioso.

Yo acarició a *Rain*. Recorro con mis dedos los dedos blancos de sus patas delanteras. Son suaves como los brotes de sauce.

El tío Weldon gira en el camino de entrada a Colitas Felices. Aparca la camioneta y luego me mira durante un largo rato.

—¿Estás bien, Rose? —pregunta.

Miro fijamente por la ventanilla y recuerdo a mi padre pegándole a *Rain* en la espalda y tratando de atraparnos debajo de la mesa.

—Pienso que los Henderson cuidarán de ella —respondo.

Ayudo a *Rain* a salir de la camioneta y la conduzco por el camino que lleva a la puerta de Colitas Felices. *Rain* empieza a temblar, lo que me hace pensar que recuerda el lugar y que no se alegra de volver allí. Aparte de eso no sé cómo se siente.

La señora Caporale nos espera en la puerta. Me pasa un brazo alrededor del hombro.

—Estás haciendo muy felices a cuatro personas —dice—. Lo que estás haciendo es algo honorable y valiente.

Todo el mundo dice que soy valiente. ¿Es así como se siente la valentía?

—Pasad a mi despacho —continúa la señora Caporale—. Los Henderson están allí.

Levanto la cabeza para ver a mi tío y él me sonríe. Luego me pone la mano en la espalda y ambos seguimos a la señora Caporale por la puerta de entrada.

Sentados en unas sillas en el pequeño despacho hay un hombre, una mujer, una niña que debe de tener mi misma edad y un niño que probablemente tenga la edad prima de siete años. Están sentados en silencio, pero cuando ven a *Rain* todos se ponen de pie de un salto y luego la niña y el niño se lanzan al suelo y la abrazan.

—¡*Olivia!* —grita la niña.

El niño no dice nada, pero aprieta su cara en el pelo de *Rain*.

La mujer empieza a llorar, de modo que dejo de mirarla.

Miro a *Rain*. Al principio se queda sentada y en silencio, pero luego se levanta y se contonea. No tiembla, se contonea. Cada centímetro de su cuerpo. Le lame la cara al niño y luego le lame la cara a la niña. Brinca contra las piernas del hombre. La mujer se arrodilla y *Rain* le pone las patas en los hombros. Gimotea de felicidad y luego vuelve al suelo y baila de un lado para otro y mete el hocico en las manos de los Henderson.

Así es la *Rain* feliz.

Y esas personas se sienten felices, creo. Recuerdo el aspecto que tenía su casa. Intento pensar en todo lo ocurrido desde la perspectiva del niño y la niña. Supongo que cuando perdieron a *Rain* debieron de sentirse tan tristes como me sentí yo cuando la perdí, y que ahora se sienten tan felices como me sentí yo el día que el tío Weldon y yo vinimos por primera vez a Colitas Felices. Pienso que aunque todavía no tienen una casa, ahora han recuperado a su perra.

Cuando *Rain* deja de bailar y vuelve a haber silencio en el despacho, la señora Caporale saca unos papeles para el señor y la señora Henderson. Ellos los firman y luego, durante un momento, todos nos quedamos quietos mirándonos los unos a los otros. Yo solo puedo mirar a *Rain*.

La señora Henderson cruza la pequeña habitación y me abraza. Yo me quedo muy quieta, con los brazos a los costados.

—Gracias, Rose —dice.

—Sí, gracias —dice el marido. Parece que tiene la intención de abrazarme, pero luego cambia de parecer y sencillamente me sonríe.

—Gracias —dicen la niña y el niño, cuyos nombres, me entero, son Jean y Toby.

Pienso durante unos segundos y luego digo:

—De nada. —Y miro a los ojos a cada uno de los Henderson.

El tío Weldon carraspea.

—Bueno, Rose, va siendo hora de que volvamos a casa —dice. Luego se vuelve hacia los Henderson—: ¿Sería posible que Rose estuviera unos minutos a solas con *Rain*?

—Claro —responde el señor Henderson, y todos salen del despacho excepto *Rain* y yo.

Rain está sentada en el suelo, todavía muy nervio-

200

sa, y cuando me siento a su lado se levanta de un salto y pone su cara contra la mía. Jadea.

—Esa es tu familia —le digo por fin—. Te irás a casa con ellos.

Rain continúa mirándome.

La estrecho entre mis brazos y la abrazo con fuerza («abrazo», «abraso») y siento su pelo suave contra la mejilla.

—Te quiero —le digo.

Rain se apoya en mí y nos quedamos así sentadas hasta que oigo que llaman a la puerta.

—¿Rose? —me dice el tío Weldon—. Tenemos que marcharnos. Y también los Henderson. ¿Te has despedido?

—Sí.

Me pongo de pie y conduzco a *Rain* hasta la puerta. Ella ve a los Henderson y corre hacia ellos.

Los cuatro me dicen adiós y gracias varias veces. Yo me quedo junto a la ventana del albergue y veo que *Rain* se sube al coche de los Henderson. Luego veo que el coche sale del aparcamiento y gira hacia el camino de entrada. Veo la cabeza de *Rain* en la ventanilla, su hocico largo y orgulloso y su nariz rosa que tiene exactamente el mismo tono que una goma de borrar. Jean Henderson se inclina sobre ella, le susurra algo en la oreja y *Rain* ladea la cabeza.

El coche toma una curva y *Rain* desaparece.

V

La última parte

45

La casa silenciosa

El mural del aula cambia a ¡LLEGA LA PRIMA-
VERA!

El aire se hace menos frío.

Mi padre termina el puente y ahora puede pasar
con la camioneta por encima de él.

Sam Diamond recupera su coche.

Las tardes en casa son silenciosas. Mi padre dice
que está buscando trabajo.

Cuando estoy en casa sola estudio mi lista de homónimos. También examino la caja con las cosas de
mi madre.

Eso es todo.

Dentro de mí hay un dolor, una pena.

¿Es así como se siente la valentía? ¿O es la sole-
dad?

Quizás este dolor sea tristeza.

46

Mi padre tiene una discusión con su hermano

Un día, cuando la hierba en nuestro patio es más verde que marrón y el aire es cálido y tiene un olor dulce y las ramas de los árboles están llenas de hojas nuevas, el tío Weldon me lleva a casa desde la Escuela Primaria Hatford, cruza el puente definitivo con la camioneta y la aparca en el patio.

Mi padre está de pie delante de su propia camioneta haciendo algo con las cosas que hay debajo del capó. No ha vuelto al taller J & R desde el día en que el condenado Jerry lo despidió. Ahora que el puente está terminado trabaja en su camioneta y en el patio. No creo que su búsqueda de empleo marche bien.

Una tarde de la semana pasada, mientras el tío Weldon me llevaba de vuelta a casa, yo dije:

—Supongo que mi padre podría llevarme y traerme de la escuela ahora. Todavía no ha conseguido un empleo.

El tío Weldon empezó a negar con la cabeza incluso antes de que yo hubiera terminado de hablar.

—Ni lo menciones —replicó.

Eso era lo que yo esperaba que dijera.

—De acuerdo —dije.

Continuamos en silencio un rato más y entonces yo dije:

—Desde la perspectiva de mi padre, no creo que quiera encontrarse con la señora Kushel o la señora Leibler. Verlas una vez al mes es suficiente para él.

—Creo que tienes toda la razón.

Ahora, en este día de primavera, yo me bajo de la camioneta del tío Weldon y luego él también se baja. Eso no es como de costumbre.

—Hola, Wes —dice mi tío.

Mi padre se aleja del capó y se endereza. Se limpia las manos con el trapo que le cuelga de un bolsillo.

—Hola.

—¿Tienes un minuto? —le pregunta el tío Weldon.

—Sí, supongo. —Mi padre parece receloso.

—Bueno, he estado pesando que Rose... Rose debería tener otro perro. ¿No te parece?

Retrocedo un paso.

—¡Yo no he dicho nada! —le aseguro a mi padre.

—No —dice el tío Weldon con calma—. Esto es solo idea mía.

Mi padre bufa.

—Rose no supo valorar la perra que tenía, la que yo le conseguí. La devolvió. La devolvió cuando podría haberla conservado.

Mi padre está enfadado.

—*Rain* era de otras personas —replica mi tío.

—Podría haberla conservado —repite mi padre—. No tenía que ir por ahí buscando a los dueños.

El tío Weldon se lleva la mano a la barbilla.

Retrocedo un paso más.

—Yo solo intentaba hacer algo bueno —dice mi padre—. Le conseguí una mascota y ella la devolvió. Lo mejor que he hecho. Lo mejor.

—Mira, Wesley.

—No digas una palabra más. Hablo en serio: ni una palabra más.

Cuando mi padre dice «ni una palabra más» es que de verdad habla en serio.

El tío Weldon vuelve a su camioneta, abre la puerta delantera y se sienta al volante.

—Solo piénsalo. Rose tiene tan po... —empieza a decir, pero se interrumpe—. Está muy sola. Quiero decir, cuando tú no estás aquí.

—Rose está bien. Aquí tiene todo lo que necesita. No le falta nada. Ella está bien.

—Pero un perro...

—Crees que sabes lo que es mejor para ella, ¿no? Pues no: no lo sabes.

Mi padre golpea con la mano el costado de su camioneta.

El tío Weldon se queda inmóvil detrás del volante.

La mente me da vueltas. Intento enviarle un mensaje a mi tío: «Por favor, no digas una palabra más. Ni una palabra más.» Si mi padre me prohíbe ver al tío Weldon, entonces no me quedará nada.

Mi tío abre la boca.

—¿Estás seguro de que tú sabes qué es lo mejor para Rose? —pregunta sin alzar la voz.

Mi padre se saca una llave inglesa del bolsillo.

Apunta al parabrisas de la camioneta del tío Weldon, pero entonces baja el brazo, se mete otra vez la llave en el bolsillo negando con la cabeza y vuelve a lo que estaba haciendo debajo del capó.

El tío Weldon da marcha atrás y comienza a maniobrar. Me dice adiós con la mano a través de la ventanilla y yo le respondo despidiéndome también con un pequeño movimiento de la mano.

Luego corro a mi habitación y cierro la puerta.

47

En medio de la noche

Por las noches, cuando no puedo dormir, me echo de espaldas y permanezco muy quieta y escojo un número. Cuanto más despierta estoy, más alto es el número que escojo. Luego, en silencio, cuento hacia atrás de tres en tres.

Una noche cálida en la que la lluvia gotea suavemente sobre el techo de la casa, descubro que llevo casi hora y media echada en la cama sin poder dormir. Pienso en la escuela. Pienso en *Rain*. Pienso en Parvani, que ahora me cuenta cada vez que descubre un homónimo nuevo. Pienso en *Rain* un poco más.

Pero el sueño no viene.

Cuatrocientos noventa y cinco, 492, 489, 486, 483. Voy por el trescientos cincuenta y poco cuando comienzo a cometer errores. Empiezo a sentirme leve y, finalmente, me hundo en el sueño.

¡PUM! La puerta de mi habitación se abre de par

en par y en el marco veo la silueta de mi padre recortada contra la luz del salón.

Miro el reloj. He dormido menos de veinte minutos.

Mi padre enciende la luz de la habitación.

—Voy a llevarte a casa de Weldon —anuncia—. Ya mismo.

Me incorporo apoyándome en los codos. Mi reloj marca las 12.02. ¿Por qué está mi padre despierto y vestido a esta hora? Esta noche no ha ido a La Suerte del Irlandés.

—¿Qué? —digo, pero mi padre ya está cruzando el salón.

Oigo que abre la puerta principal.

Pienso en lo que dijo. «Voy a llevarte a casa de Weldon.» No «Vamos a casa de Weldon» sino «Voy a llevarte a casa de Weldon». Eso suena como si yo fuera la única que va a la casa de mi tío. Eso suena como si fuera a quedarme allí durante algún tiempo.

Corro a la cocina y tomo una bolsa de basura nueva de debajo de la pica. Fuera oigo ruido de golpes, como si mi padre estuviera echando cosas en la parte de atrás de la camioneta. Llevo la bolsa a mi habitación y meto dentro la ropa, toda la que puedo meter con rapidez. Pongo mi mochila junto a la bolsa de basura. Compruebo que mi lista de homónimos está en la mochila. Estoy cogiendo la caja de mi madre de la balda en el armario de los abrigos cuando oigo que mi padre grita:

—¡Rose! ¡Ven aquí ahora mismo!

Me apresuro a montarme en la camioneta con la bolsa con la ropa, la mochila y la caja de mi madre. Mi padre enfila por el camino de entrada antes siquiera de que yo haya cerrado la puerta. Todavía estoy poniéndome el cinturón cuando pasamos el puente y empezamos a descender por la calle del Haya. Las cosas que hay en la parte de atrás de la camioneta se mueven de un lado a otro, bolsas, una maleta, una caja de cartón.

—¿Por qué vamos a casa del tío Weldon? —pregunto.

Mi padre no me responde. Mira hacia delante a través del parabrisas y la lluvia, que ahora cae con más fuerza. Su cara parece de piedra, no suave y floja como cuando ha estado bebiendo. No se vuelve a mirarme. Conduce recto y seguro y con precaución.

—¿Por qué vamos a casa del tío Weldon? —pregunto de nuevo.

Una vez, en clase de música, el maestro nos enseñó un diapasón. Lo golpeó contra el borde de una mesa y nos dejó tocarlo por turnos para que sintiéramos las vibraciones. Ahora el aire en la camioneta es como un diapasón: vibra. Continúa vibrando después de que yo haya hecho la pregunta por segunda vez sin conseguir respuesta.

Nos quedamos en silencio en la atmósfera cargada mientras recorremos las calles oscuras de Hatford; los faros iluminan la lluvia que cae, los árboles espigados y, en una ocasión, los ojos de un mapache que vacilaba en la cuneta.

(El verbo «vacilar» tiene una forma con un homónimo curioso, «vacilo». El homónimo es «bacilo», un tipo de bacteria.)

—¿Sabe el tío Weldon que voy a su casa? —pregunto cuando tomamos su camino de entrada.

Mi padre detiene la camioneta, pero no apaga el

motor. Estira la mano a través de la cabina y me abre la puerta.

—Ve —dice.

Y luego hace algo que no ha hecho en mucho tiempo. Me abraza. Un abrazo breve, rápido. Cuando su mejilla descansa contra la mía siento que está húmeda. Luego se vuelve y mira al frente, moviendo la mandíbula.

Bajo de la camioneta y saco mis cosas. Corro bajo la lluvia hasta el porche delantero del tío Weldon. Para cuando doy media vuelta, los faros traseros de la camioneta están a punto de desaparecer al final del camino.

Llamo. Llamo de nuevo y luego una vez más. La luz del porche se enciende y veo aparecer la cara del tío Weldon en la ventana que hay junto a la puerta. Un instante después la puerta está completamente abierta.

—¡Rose! —exclama—. ¿Qué ha pasado?

Doy un paso hacia él.

—Mi padre se ha ido —digo.

48

Qué le ocurrió a mi madre

El tío Weldon y yo nos hemos sentado en el porche delantero de su casa un día que parece demasiado caluroso para ser apenas a comienzos de junio. Todavía me quedan dos semanas de cole para acabar el curso. Cada mañana la señora Kushel abre de par en par las ventanas del salón de clase y las abejas y las moscas se pasan el día entero zumbando por encima de nuestras cabezas.

Meneo los pies arriba y abajo y miro un colibrí que vuela alrededor de un geranio.

Es un sábado por la mañana. El tío Weldon acaba de decir:

—Quiero que pensemos.

—¿En qué? —digo mirándolo.

—Tenemos que resolver qué vamos a llevar a la fiesta de la escuela.

Vamos a dar una fiesta en el aula de la señora Kushel para celebrar el último día de clase.

—¿Galletas? —propongo—. ¿Galletas con trocitos de chocolate?

El tío Weldon sonríe.

—Buena idea. La próxima semana iremos al supermercado y compraremos lo necesario.

Después de eso volvemos a quedarnos en silencio. A veces el tío Weldon y yo nos sentamos así, en silencio, durante un largo rato. A los dos nos gusta. Nos sentamos y pensamos.

Todas las noches preparamos la cena juntos y todas las mañana hablamos de homónimos. Los fines de semana salimos de paseo en su camioneta: al parque estatal, al museo de Ashford, a un festival de música al aire libre. Cuando fuimos al festival, extendimos una manta en el suelo y nos tumbamos boca arriba a escuchar a la orquesta.

—Intenta identificar los sonidos que hace cada uno de los instrumentos —dijo el tío Weldon—. Intenta escuchar el violín, el trombón, el clarinete.

Las notas ascendían al cielo, rumbo a las estrellas.

En esta calurosa mañana de junio, el colibrí vuela disparado de una flor a otra, y de repente yo digo:

—Tío Weldon, desde la perspectiva de mi madre, cuando se fue, ¿por qué crees que dejó sus recuerdos?

El tío Weldon ladea la cabeza hacia mí como hacía *Rain*.

—¿A qué te refieres? —pregunta.

Le digo que me refiero a la caja.

—Dejó todas esas cosas, como el prendedor con la *R* de Rose. ¿Por qué no se las llevó con ella? ¿No quería acordarse de mí?

Ahora mi tío me mira frunciendo el entrecejo.

—Rose —dice—, ¿piensas que tu madre os abandonó a ti y a tu papá? ¿Es eso lo que te dijo tu padre?

—Sí. Sí —digo, pues mi tío ha hecho dos preguntas seguidas.

La cara del tío Weldon tiene una expresión suave y amable. Estira la mano hacia mí, me toca la rodilla y luego retira la mano.

—Tu madre no os abandonó —dice—. Murió. Cuando eras muy pequeña.

—¿Está muerta?

—Sí.

—¿Cómo murió?

—Tuvo un aneurisma en el corazón. Fue muy rápido.

—¿Por qué me dijo mi padre que nos abandonó?

El tío Weldon niega con la cabeza. Da un sorbo al café.

—Tal vez intentaba protegerte. Tal vez pensaba que te sentirías muy triste si sabías que ella había muerto.

—Pero me hizo pensar que nos había abandonado. Yo pensaba que se había ido por mi culpa.

El tío Weldon vuelve a tocarme la rodilla, lo que está bien. Es solo un toquecito.

—Tu padre no siempre hacía las elecciones más acertadas —dijo—, pero sí que intentaba hacer lo correcto contigo.

—¿Por eso me dejó?

Mi tío mira el colibrí y vuelve a negar con la cabeza.

—No lo sé. No hablamos de eso, tu padre y yo, quiero decir, pero creo que él pensaba que estarías mejor conmigo.

—¿Crees que le costó marcharse?

—Sí, creo que sí.

Eso significa que mi padre y yo tenemos algo en común: ambos somos valientes.

49

La calle del Haya

Este verano es uno de los más calurosos que se recuerdan. El tío Weldon compra un gran columpio que los dos pintamos de verde antes de colgarlo en el porche delantero. Todas las tardes nos sentamos en él mientras esperamos que refresque. El tío Weldon nos mece perezosamente adelante y atrás, adelante y atrás, impulsándose con el pie que apoya en la maceta de los geranios. También nos sentamos ahí casi todas las mañanas, incluso los días de entre semana antes de salir, el tío Weldon a su trabajo y yo a un programa llamado Academia de Verano, donde he conocido a otros niños con un diagnóstico oficial de autismo altamente funcional.

Un domingo por la mañana estamos sentados en el columpio y yo tengo la mirada fija en una carretera que veo al otro lado de un trigal polvoriento y a través de algunos árboles. Sé que si siguiera por ese camino durante 3,7 kilómetros llegaría a la calle del Haya. Hace varios días el tío Weldon y yo visitamos mi antigua casa. Miramos por las ventanas las habitaciones vacías. El tío Weldon pasó la mano pensativo sobre el aviso de ejecución hipotecaria que encontramos clavado en la puerta principal. No hemos tenido noticias de mi padre desde la noche que me dejó en su casa, así que fuimos nosotros los que tuvimos que vaciar la casa el mes pasado. Yo no quise conservar nada excepto las cosas que habían sido de *Rain*: la correa y el cuenco y los juguetes. Lo puse todo en una bolsa que guardo debajo de la cama.

Estamos balanceándonos en silencio esta mañana de domingo cuando de repente el tío Weldon me dice:

—¿Cuándo te gustaría volver a Colitas Felices?

Me vuelvo para mirarlo.

—Bueno...

—¿No crees que es hora de que les hagamos otra visita? Probablemente tengan nuevos perros para dar en adopción.

—No lo sé.

—Venga —dice el tío Weldon, sonriendo—. Solo es ir y echar un vistazo. Una miradita. ¿No te parecería bonito sentarte aquí con un perro entre nosotros dos?

—¿Un perro en un columpio? —Ahora soy yo la que sonríe—. A lo mejor podríamos ir el próximo fin de semana.

El tío Weldon extiende la mano y yo se la estrecho. Hemos hecho un trato.

—Anoche se me ocurrió un nuevo homónimo —digo—. Es uno bueno: «sabia», de tener sabiduría, y «savia», el líquido de las plantas.

—Ese sí que es bueno —coincide mi tío—. ¿Te quedaba espacio en la lista?

—Sí. ¿Sabes quién más tiene una lista de homónimos ahora?

—No. ¿Quién?

—Parvani. Voy a llamarla y decirle lo de «sabia» y «savia».

El tío Weldon detiene el columpio y ambos cruzamos los dedos y nos tocamos el corazón.

Vuelvo a mirar al otro lado del trigal y luego miro al cielo, que es un gran espacio azul pálido. Recuerdo el festival de música al aire libre y las notas que se combinaban en cada melodía, elevándose juntas sobre nuestras cabezas, hacia el cielo. Pienso en los homónimos «combino», del verbo «combinar», y «convino», del verbo «convenir», ser de la misma opinión, estar de acuerdo. Forman un par interesante porque «combinar» es una palabra muy bonita, en especial cuando te imaginas las notas musicales mezclándose unas con otras en medio del aire de la noche, y «convenir» también es una palabra bonita, porque es agradable descubrir que coincides con alguien, como me ocurre a mí con el tío Weldon. Esa es una de las muchas cosas que me gustan de los homónimos. La mayoría de ellos parecen no tener relación entre sí, algunos parecen opuestos incluso, pero unos pocos te revelan relaciones bonitas si estás abierto a cambiar de perspectiva cuando piensas en ellos. «Combinar» y «convenir» parecen cosas muy distintas hasta que te das cuenta de que «combino» y «convino» se pronuncian igual y adviertes una relación que antes no veías.

Me pongo de pie y luego entorno los ojos un momento mientras recuerdo esa noche con el tío Weldon cuando la música se elevaba a través del aire y las notas y el cielo y nuestros corazones eran uno. Combinaban. Convenían.

Nota de la autora

La historia de Rose y *Rain* nació en 2011 después de que el huracán *Irene* barriera la Costa Este de los Estados Unidos e hiciera un inesperado giro tierra adentro. Después de la tormenta caminé a lo largo de mi calle en el norte del estado de Nueva York, día tras día, mirando cómo la gente retiraba de los patios los árboles derribados, reparaba los tejados y reconstruía los puentes y muros de piedra arrasados. Durante esos paseos me acompañaba mi perra, *Sadie*, y yo pensaba en las mascotas que habían quedado separadas de sus dueños debido a la tormenta. Fue así como empecé a tejer un relato acerca de un perro perdido.

Al mismo tiempo, Rose empezó a hacerme conocer su presencia. Era una niña pequeña con un trastorno del espectro autista; una niña inteligente y capaz de comunicarse verbalmente, que tenía un perro que era el centro de su mundo, un mundo desconcertante y en ocasiones desagradable. Poco a poco los elementos de la historia, Rose, *Rain* y la tormenta, fueron encajando.

Escribir puede ser una actividad solitaria, pero la mayoría de las historias son un esfuerzo de todo un grupo. Muchas gracias a mis editoras, Liz Szabla y Jean Feiwel, por sus ideas, su paciencia y su fe, y por animarme a escarbar más y más. Y gracias a mi amiga Jamey Wolff, cofundadora y directora de programa del Center for Spectrum Services en la región del valle del Hudson, en el estado de Nueva York. El centro atiende a estudiantes con trastornos del espectro autista. Jamey fue muy amable y me permitió pasar una mañana en la escuela de Kingston hablando con los alumnos, observando las interacciones entre los estudiantes y los maestros y planteándole a ella una pregunta tras otra. Cuando hube terminado el primer borrador de la historia, Jamey fue una de las primeras personas que lo leyó. Su ayuda fue incalculable.

Finalmente, quiero agradecer a la dulce *Sadie*, que me introdujo en el mundo de los perros y cuya conducta observé cada día durante quince años. Ella estuvo a mi lado mientras escribía la historia y fue una inspiración cotidiana.

Índice

I. La primera parte

II. La parte sobre el huracán

III. La siguiente parte

IV. La parte difícil

V. La última parte

OTROS TITULOS
DE LA COLECCIÓN

ENTRE TODAS LAS ESTRELLAS

Cristina Alfonso Ibáñez

A finales del verano, Natalia, Pedro, Lucía e Iván se encuentran en una cabaña en medio de un bosque. Las razones que los han llevado hasta allí son tan diversas como distintos son los cuatro entre sí. Pero los lazos que se creen entre ellos serán de tal intensidad que de la experiencia todos saldrán diferentes. En lo que comienza como un relato de amistad entre cuatro jóvenes, va cobrando forma un elemento de magia que adquiere un protagonismo cada vez mayor hasta el inesperado final de la historia.